徐志摩优秀作品选

入选课本作家优秀作品丛书

徐志摩 / 著

图书在版编目（ＣＩＰ）数据

徐志摩优秀作品选 / 徐志摩著 ;《徐志摩优秀作品选》编辑组编. -- 上海 : 华东师范大学出版社, 2021
ISBN 978-7-5760-1464-8

Ⅰ.①徐… Ⅱ.①徐… ②徐… Ⅲ.①中国文学－现代文学－作品综合集 Ⅳ.①I216.2

中国版本图书馆 CIP 数据核字(2021)第 042828 号

徐志摩优秀作品选

著 / 徐志摩
编 /《徐志摩优秀作品选》编辑组
责任编辑 / 吴余
审读编辑 / 南艳丹
责任校对 / 吴余

出版发行 / 华东师范大学出版社
社址 / 上海市中山北路 3663 号　　　邮编 / 200062
网址 / www.ecnupress.com.cn
电话 / 021-60821666　　　行政传真 / 021-62572105
客服电话 / 021-62865537
门市(邮购)电话 / 021-62869887
地址 / 上海市中山北路 3663 号华东师范大学校内先锋路口
网店 / http://hdsdcbs.tmall.com

印刷者 / 武汉兆旭印务有限公司
开本 / 880 × 1230　32 开
印张 / 5
字数 / 104 千字
版次 / 2021 年 4 月第 1 版
印次 / 2021 年 4 月第 1 次
书号 / ISBN 978-7-5760-1464-8
定价 / 16.00 元

出版人 / 王焰

(如发现本版图书有印订质量问题,请寄回本社客服中心调换或电话 021-62865537 联系)

阅读准备

·作家生平·

徐志摩（1896—1931），原名章垿，字槱森，后改字志摩，我国现代著名诗人、散文家，新月派代表诗人。

徐志摩出生于浙江海宁县硖石富商家庭，经济富足的家庭让年幼的徐志摩有了比较优越的求学环境。1900年，徐志摩进入家塾读书；1910年，进入杭州府中学堂学习，其间在校刊上发表了《论小说与社会之关系》；1915年秋，徐志摩进上海沪江大学学习，同年年底离开上海前往天津北洋大学学习。

1918年，徐志摩离开祖国前往美国克拉克大学学习，徐志摩凭着天资聪颖、勤奋好学，十个月内即获得了学士学位；同年转入哥伦比亚大学进修经济；1920年，为了追寻崇敬的罗素，徐志摩来到了伦敦政治经济学院，后辗转来到了康桥大学（剑桥大学）学习政治经济学，后来，徐志摩经常在作品中怀念在康桥大学学习的时光。诗歌《再别康桥》即表达了作者对母校的依依不舍与眷念。

1922年徐志摩从英国回到祖国，先后任北京大学、清华大学、平民大学教授，于1927年同胡适、闻一多、梁实秋等人共同创建了新月派，成了新月派代表诗人。

1931 年 11 月 19 日，徐志摩乘飞机自南京去北平（今北京），不幸遭遇空难。

·创作背景·

徐志摩一生虽然短暂，但是经历十分丰富，他不仅足迹遍布世界，而且修过文学、法学、经济学等专门学科，见识和才识让他的情感更为丰富。徐志摩将自己的多情诉诸笔端，阅读他的诗歌和散文，我们可以走进这位玉树临风的才子细腻的内心世界。

·作品速览·

本书包含四个部分，分别是"再别康桥""泰山日出""海滩上种花"和"我所知道的康桥"，收录了徐志摩代表性的诗歌和散文。这些作品作于徐志摩一生中各个时期，是我们了解徐志摩生平和思想主张的重要资料。

·文学特色·

徐志摩最高的文学成就在于诗歌，诗人天生敏感多情的心思与朴实无华的语言相结合，往往呈现出许多柔美缥缈的意象，给读者留下深刻的印象。另外，徐志摩在诗歌中善用隐喻、通感等修辞手法，诗歌语言极具音乐美，是新月派的代表。除了诗歌，徐志摩的散文素来也以语言温润、感情真挚为读者所称道。

目 录

第一编

再别康桥

再别康桥

📖 名师导读····

> 对徐志摩来说,康桥大学于他而言不仅仅是母校,更是开启他文学之路的灯塔,他对康桥充满了眷念和留恋。1928年,离开康桥六年的徐志摩再度回到康桥,静静流淌的河水不仅让他的回忆涌上心头,也再次激起了他心中的"康桥情结"。

轻轻的我走了,

　　正如我轻轻的来;

我轻轻的招手,

　　作别西天的云彩。

那河畔的金柳,

　　是夕阳中的新娘;

波光里的艳影,

　　在我的心头荡漾。

软泥上的青荇,

　　油油的在水底招摇;

在康河的柔波里,

　　我甘心做一条水草!

【比喻】

将河畔的柳树比作新娘,极言柳树姿态的柔美,也表达了作者对康桥美景的喜爱与眷念。

【拟人】

赋予了青荇人的行为和动作,将青荇随着水波摇动的样子说成"招摇",使画面更为生动形象。

那榆荫下的一潭，
　　不是清泉，是天上虹，
揉碎在浮藻间，
　　沉淀着彩虹似的梦。

寻梦？撑一支长篙，
　　向青草更青处漫溯，
满载一船星辉，
　　在星辉斑斓里放歌。

但我不能放歌，
　　悄悄是别离的笙箫；
夏虫也为我沉默，
　　沉默是今晚的康桥！

悄悄的我走了，
　　正如我悄悄的来；
我挥一挥衣袖，
　　不带走一片云彩。

　　　　　　十一月六日中国海上

【虚实结合】

　　天上虹倒映在水中，形成了错落斑驳的影子，作者却在现实的影子中虚写了往日彩虹一般鲜艳的梦想，回忆和现实交叠，虚景与实景相生。

【首尾呼应】

　　反复强调别离，实则暗示了作者此刻不舍的内心，同时也让诗歌具有建筑美。

阅读心得

　　《再别康桥》作于1928年，此时距离徐志摩第一次离开康桥已经过了六年。六年间，徐志摩无数次回忆起康桥，对他来说，康桥是他文学思想发生变化的重要转折点，在康桥的好友和生活让他拥有了"彩虹似的梦"，对康桥的喜爱与怀念贯穿了徐志摩一生的诗歌和散文，其中最著名的即为《再别康桥》。

　　此次回到康桥，徐志摩希望可以与阔别多年的老友见面，可惜没能如愿，当他回到学校之后，只有空荡的校园和物是人非的场景，诗人触景生情，于回国途中写下了这首《再别康桥》，深切地表达了对母校的依依惜别之情。

写作借鉴

　　《再别康桥》不仅是徐志摩的代表作，也是新月派诗歌的典型代表，它集中体现了新月派在诗歌创作方面追求的"建筑美""音乐美"和"绘画美"，以整齐的格式、优美的韵律和极具画面感的描写打动人心。

　　诗人将现代诗和中国传统古诗相结合，在现代诗歌形式的基础上，融入中国古诗中"折柳送别"的意象和"情景交融"的手法，让离别之情更为绵长，使康桥优美凄婉的景色深入人心。

雪花的快乐

📖 名师导读....

　　徐志摩和陆小曼的爱情，从一开始就饱受争议，但徐志摩并没有向世俗低头，在这场爱情的追逐赛中，他把自己想象成一朵雪花，它目的明确，执意要和世间一切的不合理抗争，最终消融在爱人的胸口。

假如我是一朵雪花，

翩翩的在半空里潇洒，

　　我一定认清我的方向——

　　　飞飏，飞飏，飞飏，——

这地面上有我的方向。

不去那冷寞的幽谷，

不去那凄清的山麓，

　　也不上荒街去惆怅——

　　　飞飏，飞飏，飞飏，——

你看，我有我的方向！

在半空里娟娟的飞舞，

认明了那清幽的住处，

等着她来花园里探望——

飞飏,飞飏,飞飏,——

啊,她身上有朱砂梅的清香!

那时我凭藉我的身轻,

盈盈的,沾住了她的衣襟,

贴近她柔波似的心胸——

消溶,消溶,消溶——

溶入了她柔波似的心胸!

阅读心得

徐志摩一生有两段婚姻,第一段是封建包办婚姻,徐志摩虽然不愿意,但还是被迫娶了第一任妻子。但当他遇到才女陆小曼的时候,他对爱情的追求和对包办婚姻的抗拒更加强烈,于是他将这些情感化作诗句,倾注在《雪花的快乐》中。在诗歌里,他是一朵快乐的雪花,这朵雪花清楚地知道自己的方向,并勇敢前行。这朵雪花正是追求陆小曼期间徐志摩的化身。

值得一提的是,诗人在诗歌中表现的不仅仅是对爱情的执着与向往,更多的是对封建落后思想、世俗观念的抗拒。

写作借鉴

这首诗延续了徐志摩一贯的轻柔婉转的风格,诗人将自己浓烈的感情化作充满柔情的字句,温柔地倾诉了自己的内心,给人以清风拂面之感。诗歌包含了多种艺术手法,譬如全诗的比喻、反复以及诗歌末尾的明喻等。丰富的艺术手法让诗歌更具有语言美,也给了读者更丰富的想象空间。

偶　然

📖 名师导读 · · · ·

　　"天下就没有偶然，那不过是化了妆的、戴了面具的必然。"钱钟书先生如是说。与钱老的理性不同，对于人生是偶然还是必然的问题，徐志摩的想法显得更为悲观一些，在他的哲学里，人生的相遇，似乎都隐含着转瞬即逝的幻灭感。

　　我是天空里的一片云，
　　偶尔投影在你的波心——
　　　　你不必讶异，
　　　　更无须欢喜——
　　在转瞬间消灭了踪影。

　　你我相逢在黑夜的海上，
　　你有你的，我有我的，方向；
　　　　你记得也好，
　　　　最好你忘掉
　　在这交会时互放的光亮！

阅读心得

　　《偶然》是徐志摩诗歌中的精品，篇幅虽小却饱含着作者对人生的哲学思考。在徐志摩眼中，一切的相遇都是短暂的，而自己更希望对方可以"忘掉"，因为对美好的追忆往往会变成失不复得的遗憾。

人生是一场最大的偶然，在这场偶然中，所有的相遇和情感都是沧海一粟，眨眼间即灰飞烟灭。这种对生命转瞬即逝的悲凉感和不可掌控的恐惧感似乎和卞之琳"明月装饰了你的窗子，你装饰了别人的梦"有异曲同工之妙，充满了对人生思考的哲理之趣。

写作借鉴

这首诗妙在短小精悍而韵味无穷，诗人将自己对人生的顿悟仅仅融于如此短小的诗句中，足以见得他对语言驾轻就熟的掌控能力。在韵律上，作者也做到了押韵，使得诗歌读来字字珠圆玉润，朗朗上口，不怪乎卞之琳称赞"这首诗在作者诗中是在形式上最完美的一首"。

诗歌中的象征手法的应用也应该引起读者的注意，在整首诗中，作者将"云""波心"以及"你""我"加以象征，来表示世间万物的因缘际会，从而突出和强调了万事的聚合离散都是偶然的道理，使得诗歌整体意蕴完整而具有哲理性，读来令人回味无穷。

沙扬娜拉一首

——赠日本女郎

名师导读‥‥

　　诗人离开日本之际与友人话别，对方是一位娇羞、端庄的日本姑娘。诗人回国后思念着女郎和在日本的日子，于是挥笔写下了这首著名的抒情诗。

　　最是那一低头的温柔，
　　　像一朵水莲花不胜凉风的娇羞，
　　道一声珍重，道一声珍重，
　　　那一声珍重里有蜜甜的忧愁——
　　　沙扬娜拉！

阅读心得

　　1924 年，徐志摩和泰戈尔来到了日本。从日本回来之后徐志摩感慨良多，他赞美日本人民经历了自然灾害之后仍然热爱生命、努力奋斗的精神，也喜欢上了日本的美景和人，本诗的主人公是诗人在日本邂逅的一位日本女性。回国后，徐志摩为这位女性写了组诗，后来再版的时候删去了组诗中的其余篇目，只留下了一首《沙扬娜拉一首——赠日本女郎》。

　　诗歌篇幅虽短，但是我们依旧可以通过诗人美妙的文字看到女郎的娇羞、美丽和温柔。她和诗人的感情深厚,在离别之际却只能低头不语,作者抓住了这位日本姑娘离别时"一低头的温柔",突出了她欲言又止的娇羞与温婉,形象栩栩如生。

对作者而言,与女郎离别也是甜蜜的忧愁,"甜蜜"二字让读者暂时忘却了离别的忧伤,而沉入作者与女郎往日美好的记忆之中。本诗表现了作者对日本友人的思念,同时也饱含着诗人对女郎的祝福与赞美。

写作借鉴

这首小诗内容不多,却极具画面感,开头精妙的比喻成了流传的名句。"水莲花不胜凉风"的风姿让人眼前一亮,而诗人恰恰以此来比喻美丽多情的日本友人,形象传神,使女郎"犹抱琵琶半遮面"的神秘感和少女特有的娇羞展露无遗,这位日本姑娘的形象在作者笔下活了起来。

我不知道风在哪一个方向吹

📖 名师导读....

　　《我不知道风在哪一个方向吹》是徐志摩的代表抒情诗，全诗给读者营造了一种缥缈浪漫的氛围，让读者意欲走进他的梦境去探寻风的踪迹和梦的内涵，但这首小诗历来解法众多，如梦一般缥缈难定。

　　我不知道风

　　是在哪一个方向吹——

　　我是在梦中，

　　在梦的轻波里依洄。

　　我不知道风

　　是在哪一个方向吹——

　　我是在梦中，

　　她的温存，我的迷醉。

　　我不知道风

　　是在哪一个方向吹——

　　我是在梦中，

　　甜美是梦里的光辉。

我不知道风

是在哪一个方向吹——

我是在梦中,

她的负心,我的伤悲。

我不知道风

是在哪一个方向吹——

我是在梦中,

在梦的悲哀里心碎!

我不知道风

是在哪一个方向吹——

我是在梦中,

黯淡是梦里的光辉。

阅读心得

    这首诗的创作背景是徐志摩在情感上的失意,在此之前,他追求林徽因未果,又与陆小曼婚姻情感不和,感情生活上陷入迷茫的徐志摩挥笔写下了此诗。因此,对此诗主题的解读多从诗人情感角度入手,认为此诗是诗人在感情生活中陷入迷茫的写照。

    但我们或许可以将视线从感情中挪开,将诗歌与诗人一生的追求和思考联系在一起。从这个角度说,诗人在诗歌中表现出来的迷茫与失落则显得更为辽阔,它表现着诗人对人生主题的思考,尽管思考的结果是迷茫和叹息,但足够打动读者。

写作借鉴

　　《我不知道风在哪一个方向吹》具有明显的形式美,诗歌总共六节,每一节前三句都是完全一样的,这样的句式一方面使诗歌显得整饬利落,同时也增强了节奏感,突出了诗人此时如梦境一般迷茫不知所措的忧伤感。这种重章叠句的句式最早可以追溯到我国诗歌的源头——《诗经》,诗人采用了中国传统的诗歌表现方式,做到了传统与现代的结合,因此也为这首诗增添了别样的风采。

　　另外,诗歌字句押韵,读来朗朗上口,充分展现了诗歌的语言美,这也是徐志摩诗歌人人传诵的重要原因。

沪杭车中

匆匆匆！催催催！

一卷烟，一片山，几点云影，

一道水，一条桥，一支橹声，

一林松，一丛竹，红叶纷纷；

艳色的田野，艳色的秋景，

梦境似的分明，模糊，消隐——

催催催！是车轮还是光阴？

催老了秋容，催老了人生！

阅读心得

这首诗作于1923年，当时胡适先生在杭州疗养肺病，徐志摩从老家硖石乘坐列车到杭州探望朋友，路上的风景如镜头中的照片闪过，勾起了诗人对人生匆匆的感叹。

叹息时光流逝的诗作自古有之,徐志摩此作妙在将人生短暂的感触与匆匆而过的列车相联系,借列车的速度暗示人生变化的无常,将抽象的感受借具体的物象表现出来,更显得贴切自然,同时也更能令读者有切身之感。

写作借鉴

这首诗在写法上历来为人们称道。诗歌开头即说"匆匆匆!催催催!"势如破竹,先给读者留下了深刻的印象,气势感很强,令人想要一探究竟。

接着诗人采用白描的手法并列了几组在列车上所见的景物,由远及近,很有层次感,这一处很容易让人想到元代马致远著名的"枯藤老树昏鸦,小桥流水人家"以及温庭筠的"鸡声茅店月,人迹板桥霜",景物的堆叠和白描的手法很容易在读者脑海中呈现出清晰的画面。而此处徐志摩更在量词上下了功夫,量词是中文中颇具特色的一类词,可以让名词更具画面感,显得生动形象。此处景物描写的妙处还在于可以与后文抒情结合在一起,融情于景,其情更真。

诗歌行文至后面,采用了反复的手法,这里再次提到"催催催!"表现了诗人此刻急迫的内心,同时也为读者揭示了自己心情焦虑的原因——不是车轮的急速,而是生命的老去,一气呵成,感情激烈。

海边的梦

📖 名师导读....

在沙滩上守护爱情的不仅有为爱奉献一生的小美人鱼，还有多情浪漫的徐志摩。和小美人鱼的爱情故事类似，这也是一个悲剧的结局，记录凄惨爱情的只有沙滩和海鸥。

我独自在海边徘徊，

遥望着天边的霞彩，

我想起了我的爱，

不知她这时候何在？

我在这儿等待——

她为什么不来？

我独自在海边发痴——

沙滩里平添了无数的相思字。

假使她在这儿伴着我，

在这寂寥的海边散步？

海鸥声里，

听私语喁喁，

浅沙滩里，

印交错的脚踪；

我唱一曲海边的恋歌，

爱，你幽幽的低着嗓儿和！

这海边还不是你我的家，

你看那边鲜血似的晚霞；

我们要寻死，

我们交抱着往波心里跳，

绝灭了这皮囊，

好叫你我的恋魂悠久的逍遥。

这时候的新来的双星挂上天堂，

放射着不磨灭的爱的光芒。

夕阳已在沉沉的淡化，

这黄昏的美，

有谁能描画？

莽莽的天涯，

哪里是我的家，

哪里是我的家？

爱人呀，我这般的想着你，

你那里可也有丝毫的牵挂？

阅读心得

　　《海边的梦》讲述的是一个少年在等候心爱的女子时的心理活动。海鸥和沙滩是少年对恋人相思的见证者，少年对恋人不可遏制的思念被海水冲刷得越来越清晰,但这个爱情故事的结局却并没有那么乐观。

因为在作者笔下,他们似乎决意"往波心里跳",从而摆脱现实的束缚和无聊的礼教,享受自由的光芒。

诗歌到此也达到了高潮,将诗人对自由爱情的渴望表现得淋漓尽致。

写作借鉴

这首诗中的两个主人公是一对处在恋爱期的情侣,作者采用了虚实结合的写作方式,一方面描绘了现实生活中分离的苦闷,同时虚写了幻想中女方的到来,这一幻想更反衬了此时男主人公的苦闷。

接着,诗人采用了象征的手法揭示阻碍爱情的根源——世俗的不容,诗歌中的"皮囊"即为世俗化身。

全诗因为想象和虚笔的加入而显得更加缥缈朦胧,极具美感。

为要寻一个明星

📖名师导读...

在徐志摩心中，理想就好像一片漆黑中闪耀着的启明星，这颗星星值得诗人如夸父逐日一般去寻找，即便遍体鳞伤也在所不惜。追逐明星过程中的奔波与幸福，诗人选择用诗句记录下来。

我骑着一匹拐腿的瞎马，
　　向着黑夜里加鞭；——
　　向着黑夜里加鞭，
我跨着一匹拐腿的瞎马！

我冲入这黑绵绵的昏夜，
　　为要寻一颗明星；——
　　为要寻一颗明星，
我冲入这黑茫茫的荒野。

累坏了，累坏了我胯下的牲口，
　　那明星还不出现；——
　　那明星还不出现，
累坏了，累坏了马鞍上的身手。

这回天上透出了水晶似的光明，

　　　　荒野里倒着一只牲口，

　　　　黑夜里躺着一具尸首。——

　　这回天上透出了水晶似的光明！

阅读心得

　　这首抒情诗作于1924年，主题十分明确，表现了徐志摩对理想的执着追求，即便"累坏了马鞍上的身手"也不觉得艰苦，表现了诗人对自己理想的坚守和坚强的品格。

　　而理想的具体内涵就是徐志摩一生追求的自由、光明和渴望，诗人在此表现自己对理想的渴求，实际上更是希望唤醒广大人民勇敢地追求心中的美和善。

　　诗歌通过追梦的工具——一匹拐腿的瞎马、追梦的环境——黑夜和昏夜、追梦的结果——马累死了，追梦人也变成了"尸首"，突出了追梦道路的艰辛不易，从而侧面表现了明星的可贵和作者心向往之的坚定。

写作借鉴

　　这首诗的艺术手法很巧妙。首先，诗歌中使用了大量的反复，反复的出现在形式上可以增强诗歌的美感，营造一种循环往复的美感，在抒情上可以使情感更加曲折，诗人追逐理想的一腔热血在反复的句式中被渲染得悲壮而坚定。

　　其次，诗中采用了比喻的手法，这种暗喻正因为解释的多样性而呈现出了朦胧的美感，因为诗人并没有指出诗歌中的事物在现实生活中的具体形象，我们可以从多个角度解释。

我有一个恋爱

名师导读...

每个人心中都有一颗闪闪发光的明星，它可能是爱的象征，也可能是梦想的化身。诗人徐志摩心中也有一颗明星，他将它视为恋爱的对象，因为它实在太过美好，值得诗人用尽世间完美的辞藻进行雕琢和赞美。

我有一个恋爱，

我爱天上的明星；

我爱它们的晶莹：——

　　人间没有这异样的神明。

在冷峭的暮冬的黄昏，

在寂寞的灰色的清晨，

在海上，在风雨后的山顶：——

　　永远有一颗，万颗的明星！

山涧边小草花的知心，

高楼上小孩童的欢欣，

旅行人的灯亮与南针：——

　　万万里外闪烁的精灵！

我有一个破碎的魂灵，

像一堆破碎的水晶，

散布在荒野的枯草里：——

　　饱啜你一瞬瞬的殷勤。

人生的冰激与柔情，

我也曾尝味，我也曾容忍；

有时阶砌下蟋蟀的秋吟：——

　　引起我心伤，逼迫我泪零。

我袒露我的坦白的胸襟，

　　献爱与一天的明星；

任凭人生是幻是真，

地球存在或是消泯：——

　　太空中永远有不昧的明星！

阅读心得

　　我们可以结合徐志摩的生平来思考诗中"明星"的真正内涵，徐志摩是一个浪漫主义诗人，他相信世间的一切美好，追求完美的爱情与和谐的社会，却在现实生活中处处碰壁，黑暗的社会现实以及自己情路的坎坷都在宣告着理想的破灭，于是诗人只能通过诗歌找寻快乐。

写作借鉴

　　诗歌中大量运用排比的修辞手法，从多个角度传达出了明星带给作者的感受，表明了作者对明星的喜爱，生动而真实！

翡冷翠的一夜

名师导读....

翡冷翠是意大利一座城市的名字，现在译作佛罗伦萨，这首诗即徐志摩在佛罗伦萨所作。身处异乡的诗人看着异国的风光，心中必定无限感慨，翡冷翠漫长的一夜诗人究竟又想到了些什么呢？

你真的走了，明天？那我，那我，……

你也不用管，迟早有那一天；

你愿意记着我，就记着我，

要不然趁早忘了这世界上

有我，省得想起时空着恼，

只当是一个梦，一个幻想；

只当是前天我们见的残红，

怯怜怜的在风前抖擞，一瓣，

两瓣，落地，叫人踩，变泥……

唉，叫人踩，变泥——变了泥倒干净，

这半死不活的才叫是受罪，

看着寒伧，累赘，叫人白眼——

天呀！你何苦来，你何苦来……

我可忘不了你，那一天你来，

就比如黑暗的前途见了光彩，
你是我的先生，我爱，我的恩人，
你教给我什么是生命，什么是爱，
你惊醒我的昏迷，偿还我的天真。
没有你我哪知道天是高，草是青？
你摸摸我的心，它这下跳得多快；
再摸我的脸，烧得多焦，亏这夜黑
看不见；爱，我气都喘不过来了，
别亲我了；我受不住这烈火似的活，
这阵子我的灵魂就像是火砖上的
熟铁，在爱的锤子下，砸，砸，火花
四散的飞洒……我晕了，抱着我，
爱，就让我在这儿清静的园内，
闭着眼，死在你的胸前，多美！
头顶白杨树上的风声，沙沙的，
算是我的丧歌，这一阵清风，
橄榄林里吹来的，带着石榴花香，
就带了我的灵魂走，还有那萤火，
多情的殷勤的萤火，有他们照路，
我到了那三环洞的桥上再停步，
听你在这儿抱着我半暖的身体，
悲声的叫我，亲我，摇我，咂我，……
我就微笑的再跟着清风走，
随他领着我，天堂，地狱，哪儿都成，

反正丢了这可厌的人生，实现这死

在爱里，这爱中心的死，不强如

五百次的投生？……自私，我知道，

可我也管不着……你伴着我死？

什么，不成双就不是完全的"爱死"，

要飞升也得两对翅膀儿打伙，

进了天堂还不一样的要照顾，

我少不了你，你也不能没有我；

要是地狱，我单身去你更不放心，

你说地狱不定比这世界文明

（虽则我不信，）像我这娇嫩的花朵，

难保不再遭风暴，不叫雨打，

那时候我喊你，你也听不分明，——

那不是求解脱反投进了泥坑，

倒叫冷眼的鬼串通了冷心的人，

笑我的命运，笑你懦怯的粗心？

这话也有理，那叫我怎么办呢？

活着难，太难，就死也不得自由，

我又不愿你为我牺牲你的前程……

唉！你说还是活着等，等那一天！

有那一天吗？——你在，就是我的信心；

可是天亮你就得走，你真的忍心

丢了我走？我又不能留你，这是命；

但这花，没阳光晒，没甘露浸，

不死也不免瓣尖儿焦萎，多可怜！

你不能忘我，爱，除了在你的心里，

我再没有命；是，我听你的话，我等，

等铁树儿开花我也得耐心等；

爱，你永远是我头顶的一颗明星：

要是不幸死了，我就变一个萤火，

在这园里，挨着草根，暗沉沉的飞，

黄昏飞到半夜，半夜飞到天明，

只愿天空不生云，我望得见天

天上那颗不变的大星，那是你，

但愿你为我多放光明，隔着夜，

隔着天，通着恋爱的灵犀一点……

六月十一日，一九二五年翡冷翠山中

阅读心得

这首诗讲述了一对恋人的分别，诗歌以女子的口吻娓娓道来女子面对恋人远去的不舍、难过，对重逢的期待和满心的委屈，情感缠绵悱恻，哀婉动人。

徐志摩创作这首诗的时候身在国外，因而诗歌中在所难免地包含了他对祖国的思念，但除此之外，此时他和陆小曼的感情一波三折，充满了坎坷。诗人心中烦闷不已，因而我们在读诗的时候也不难发现诗歌中的感情充满了波折，一波未平，一波又起，许多读者读来似乎难以捉摸诗人此刻的心情，但通读诗歌之后不难确定，这正是徐志摩内心情感激烈翻滚的实际写照。

　　此诗与徐志摩以往作品不同之处还在于口吻,我们不难猜测诗人是以陆小曼之口来叙述这场别离的,这与古典诗歌中的"从对面落笔"的写法颇为相近:表面上写陆小曼对两人分离的感受,其实是在诉说自己此刻的无奈、彷徨、痛苦和苦闷。

写作借鉴

　　《翡冷翠的一夜》是一首长诗,诗人创造性地在抒情中加入了叙事的因素,通读整首诗,我们似乎可以跟着女主人公的心绪了解到她离别初期、离别当中、离别后期的心情变化。由此,恋人之间因离别而凄惨的心情变得更为具体,读来令人感同身受。

　　真情是诗歌最打动人的表现手法,此诗为众人称道的根本原因在于徐志摩投入了很深的情感,我们可以通过诗歌中女子心情的变化体会到诗人希望传递的真爱主题,渴望在爱里得到救赎和希望。

我等候你

名师导读·····

诗歌是语言的精华,文学是真情的表达,在诗人笔下,一切语言都是真情,以真情为核心,徐志摩也不例外。如果要用两个字来概括《我等候你》这首诗,那么这两个字一定是"真情"。

我等候你。

我望着户外的昏黄

如同望着将来,

我的心震盲了我的听。

你怎还不来?希望

在每一秒钟上允许开花。

我守候着你的步履,

你的笑语,你的脸,

你的柔软的发丝,

守候着你的一切;

希望在每一秒钟上

枯死——你在哪里?

我要你,要得我心里生痛,

我要你火焰似的笑,

要你的灵活的腰身，

你的发上眼角的飞星；

我陷落在迷醉的氛围中，

像一座岛，

在蟒绿的海涛间，不自主的在浮沉……

喔，我迫切的想望

你的来临，想望

那一朵神奇的优昙

开上时间的顶尖！

你为什么不来，忍心的！

你明知道，我知道你知道，

你这不来于我是致命的一击，

打死我生命中乍放的阳春，

教坚实如矿里的铁的黑暗，

压迫我的思想与呼吸；

打死可怜的希冀的嫩芽，

把我，囚犯似的，交付给

妒与愁苦，生的羞惭

与绝望的惨酷。

这也许是痴。竟许是痴。

我信我确然是痴；

但我不能转拨一支已然定向的舵，

万方的风息都不容许我犹豫——

我不能回头，运命驱策着我！

我也知道这多半是走向

毁灭的路；但

为了你，为了你，

我什么都甘愿；

这不仅我的热情，

我的仅有的理性亦如此说。

痴！想磔碎一个生命的纤微

为要感动一个女人的心！

想博得的，能博得的，至多是

她的一滴泪，

她的一阵心酸，

竟许一半声漠然的冷笑；

但我也甘愿，即使

我粉身的消息传给

一块顽石，她把我看作

一只地穴里的鼠，一条虫，

我还是甘愿！

痴到了真，是无条件的，

上帝他也无法调回一个

痴定了的心，如同一个将军

有时调回已上死线的士兵。

枉然，一切都是枉然，

你的不来是不容否认的实在，

虽则我心里烧着泼旺的火，

饥渴着你的一切，

你的发，你的笑，你的手脚；

任何的痴想与祈祷

不能缩短一小寸

你我间的距离！

户外的昏黄已然

凝聚成夜的乌黑，

树枝上挂着冰雪，

鸟雀们典去了它们的啁啾，

沉默是这一致穿孝的宇宙。

钟上的针不断的比着

玄妙的手势，像是指点，

像是同情，像是嘲讽，

每一次到点的打动，我听来是

我自己的心的

活埋的丧钟。

阅读心得

　　《我等候你》是徐志摩代表性的抒情诗，表现了徐志摩对陆小曼的痴迷与爱。陷入爱情中的人是炙热的，何况是天生敏感多情的徐志摩。

　　初读这首诗的人可能会为诗人喷薄而出的浓烈热情感染，进而激发自己的共鸣。诗歌紧紧围绕"真情"二字娓娓道来，诗人依情而作，因情而止。读多了徐志摩的诗可能会被这首诗打乱阵脚，朦胧中能够领悟诗人的情感线索，但不知诗歌内容是如何展开的,这是此诗被称为"无章法"的原因。其实,诗歌最打动人的地方就是以情为章法,诗人难以平息的爱就是他的章法,故我们读这首诗的时候只需要以一颗真心待之即可。

写作借鉴

在徐志摩看来,诗歌的表现意义很多,不仅可以寄托自己的政治抱负,还可以用来抒情,故徐志摩多抒情诗歌,此诗即为代表。

诗歌以真情贯穿,打乱了传统现代诗的章法,不像以往徐志摩诗歌一般形式整齐,却别具一番建筑美和画面美,是抒情诗歌的佳作。

值得注意的是,诗歌不仅表达了作者对陆小曼的痴狂,也通过变幻多情的文字抒发了自己对人间真情、美好事物的追求和渴望。

云　游

📖 名师导读...

　　诚如徐志摩自己所言,爱情和世间万物一样不过是偶然,
就是在这样的一个偶然里,一个自由翱翔的云朵邂逅了流淌
的河水,从此河水就剩下了相思。

那天你翩翩的在空际云游,
自在,轻盈,你本不想停留
在天的那方或地的那角,
你的愉快是无拦阻的逍遥。

你更不经意在卑微的地面
有一流涧水,虽则你的明艳
在过路时点染了他的空灵,
使他惊醒,将你的倩影抱紧。

他抱紧的只是绵密的忧愁,
因为美不能在风光中静止;
他要,你已飞渡万重的山头,
去更阔大的湖海投射影子!

他在为你消瘦,那一流涧水,

在无能的盼望,盼望你飞回!

阅读心得

　　诗歌讲述的是一个爱情故事,一方自由自在地飞,却不小心成了另一方的风景,于是这场爱情就只能以一方的相思结束。

　　世人在理解这首诗的内涵时很容易"知人论世",猜测诗歌中的爱情是作者的亲身经历,其实,我们读诗歌最重要的是感受诗人那一刹那的情思,具体到这一首诗,最感人的不过是诗歌中对守候一方痴情等待的描写,令人感同身受,难以忘怀。

写作借鉴

　　象征的手法是诗歌中最为常见的,这首诗可以说是通篇象征。诗歌中自由飞舞的云朵和一涧清澈的溪水都是现实中爱情双方的象征。徐志摩选取这两个事物作为代表有着自己的思考,无拘无束的云朵恰恰与爱情中自由的一方相似,而清澈、冰凉的溪水正好是相思者的化身。象征在此处发挥到了极致,一方面让读者感受到了朦胧的诗歌,另一方面又较为隐晦地传达了自己的感情。

第二编

泰山日出

泰山日出

📖 名师导读···

　　海上日出的苍茫辽阔徐志摩并不陌生,但太阳从泰山上探出头来的场景究竟是什么样子呢？这引起了徐志摩无限的好奇心,带着这份好奇,他用文字记录下了自己观泰山日出的过程。

【对比】

　　将海上日出与山上日出的感受进行对比,突出了山上日出的别具一格,表现了作者此刻激动的心情,同时激发了读者的好奇心。

【比喻】

　　将山上的云气比作绵羊,表现了云气温柔、洁白的特点,形象生动,极具画面感。

　　我们在泰山顶上看出太阳。在航过海的人,看太阳从地平线下爬上来,本不是奇事;而且我个人是曾饱饫过红海与印度洋无比的日彩的。但在高山顶上看日出,尤其在泰山顶上,我们无餍的好奇心,当然盼望一种特异的境界,与平原或海上不同的。果然,我们初起时,天还暗沉沉的,西方是一片的铁青,东方些微有些白意,宇宙只是——如用旧词形容——一体莽莽苍苍的。但这是我一面感觉劲烈的晓寒,一面睡眼不曾十分醒豁时约略的印象。等到留心回览时,我不由得大声的狂叫——因为眼前只是一个见所未见的境界。原来昨夜整夜暴风的工程,却砌成一座普遍的云海。除了日观峰与我们所在的玉皇顶以外,东西南北只是平铺着弥漫的云气,在朝旭未露前,宛似无量数厚毳长绒的绵羊,交颈接背的眠着,卷耳与弯角都依稀辨认得出。那时候在这茫茫的云海中,我独自站在雾霭溟蒙的小岛上,发生了奇异的幻想——

我躯体无限的长大,脚下的山峦比例我的身量,只是一块拳石;这巨人披着散发,长发在风里像一面黑色的大旗,飒飒的在飘荡。这巨人竖立在大地的顶尖上,仰面向着东方,平拓着一双长臂,在盼望,在迎接,在催促,在默默的叫唤;在崇拜,在祈祷,在流泪——在流久慕未见而将见悲喜交互的热泪……

这泪不是空流的,这默祷不是不生显应的。

巨人的手,指向着东方——

东方有的,在展露的,是什么?

东方有的是瑰丽荣华的色彩,东方有的是伟大普照的光明——出现了,到了,在这里了……

玫瑰汁,葡萄浆,紫荆液,玛瑙精,霜枫叶——大量的染工,在层累的云底工作。无数蜿蜒的鱼龙,爬进了苍白色的云堆。

一方的异彩,揭去了满天的睡意,唤醒了四隅的明霞——光明的神驹,在热奋地驰骋……

云海也活了;眠熟了兽形的涛澜,又回复了伟大的呼啸,昂头摇尾的向着我们朝露染青馒形

【形象描写】
　　正面描绘了巨人的外貌,突出了巨人高大威猛、悲壮英勇的特点。

【排比】
　　作者列举了许多颜色,充分描绘了日出前天空五彩斑斓的美景。

【拟物】
　　将波澜的云海拟物化,把它们的流动比拟成睡醒的小兽在呼啸,生动传神,引人入胜。

的小岛冲洗，激起了四岸的水沫浪花，震荡着这生命的浮礁，似在报告光明与欢欣之临在……

再看东方——海句力士已经扫荡了他的阻碍，雀屏似的金霞，从无垠的肩上产生，展开在大地的边沿。起……起……用力，用力。纯焰的圆颅，一探再探的跃出了地平，翻登了云背，临照在天空……

歌唱呀，赞美呀，这是东方之复活，这是光明的胜利……

散发祷祝的巨人，他的身彩横亘在无边的云海上，已经渐渐的消翳在普遍的欢欣里；现在他雄浑的颂美的歌声，也已在霞彩变幻中，普彻了四方八隅……

听呀，这普彻的欢声；看呀，这普照的光明！

【拟人】

将太阳拟人化，赋予太阳"跃""翻登"等动作，将太阳翻出云海的场景刻画得活灵活现。

【直接抒情】

抒发了作者见到日出之后的喜悦和自豪，直接表达了作者对日出以及对祖国的热爱之情。

阅读心得

本文讲述了徐志摩在泰山看日出的过程以及心情的变化。精华之处有二，其一是徐志摩对日出景象的描绘。他是一个出色的诗人，所以在描绘景象时用了大量诗化的语言和手法，读者似乎能亲眼看见日出前云海的翻腾之景和日出时太阳的高升之景；其二，徐志摩是一位感情充沛的作家，在他的笔下，一切景语皆情语，作者描述日出时将自己想象成一个身形巨大的巨人。这个巨人在日出之前难免悲壮和彷徨，但当太阳出来后则心怀骄傲与自豪，表达了他对祖国河山的由衷赞美。

写作借鉴

本文运用了大量的修辞,比喻、拟人、夸张等俯拾皆是,这些手法的应用让作者笔下云海翻腾的景象逼真传神,也真切地将泰山日出的雄壮景象带到了读者面前。

散文的要点是形散而神不散,徐志摩不仅做到了,而且最大限度地实现了情景交融,将自己对祖国河山的喜爱与泰山日出之景相交融,情真意切,打动人心。

值得称道的是前文中描绘日出过程的句子。平凡的词语到了天才徐志摩手中就会变成有魔法的词汇,它们交织在一起给人以清晰的画面感,这是徐志摩写景的独特之处。读者在阅读前文的时候仿佛和作者站在一起观看日出,文章因此而感人。

本文文采斐然,显示了徐志摩驾驭文字的非凡能力。

北戴河海滨的幻想

📖 名师导读····

　　在北戴河的长椅上，徐志摩远望着自然的风景，享受着寂寞的时光。但寂寞并不长久，自然风光勾起了他对青年、对社会、对人生的思考。和往常一样，他选择用诗一样的语言来记录心绪和风光。

　　他们都到海边去了。我为左眼发炎不曾去。我独坐在前廊，偎坐在一张安适的大椅内，袒着胸怀，赤着脚，一头的散发，不时有风来撩拂。清晨的晴爽，不曾消醒我初起时睡态；但梦思却半被晓风吹断。我阖紧眼帘内视，只见一斑斑消残的颜色，一似晚霞的余赭，留恋地胶附在天边。廊前的马樱、紫荆、藤萝，青翠的叶与鲜红的花，都将他们的妙影映印在水汀上，幻出幽媚的情态无数；我的臂上与胸前，亦满缀了绿荫的斜纹。从树荫的间隙平望，正见海湾：海波亦似被晨曦唤醒，黄蓝相间的波光，在欣然的舞蹈。滩边不时见白涛涌起，迸射着雪样的水花。浴线内点点的小舟与浴客，水禽似的浮着；幼童的欢叫，与水波拍岸声，与潜涛呜咽声，相间的起伏，竞报一滩的生趣与乐意。但我独坐在廊前，却只是静静的，静静的无甚声响。妩媚的马樱，只是幽幽的微颤着，蝇虫也敛翅不飞。只有远近树里的秋蝉在纺纱似的缲引它们不尽的长吟。

在这不尽的长吟中,我独坐在冥想。难得是寂寞的环境,难得是静定的意境;寂寞中有不可言传的和谐,静默中有无限的创造。我的心灵,比如海滨,生平初度的怒潮,已经渐次的消翳,只剩有疏松的海砂中偶尔的回响,更有残缺的贝壳,反映星月的辉芒。此时摸索潮余的斑痕,追想当时汹涌的情景,是梦或是真,再亦不须辨问,只此眉梢的轻皱,唇边的微哂,已足解释无穷奥绪,深深的蕴伏在灵魂的微纤之中。

青年永远趋向反叛,爱好冒险;永远如初度航海者,幻想黄金机缘于浩森的烟波之外;想割断系岸的缆绳,扯起风帆,欣欣的投入无垠的怀抱。他厌恶的是平安,自喜的是放纵与豪迈。无颜色的生涯,是他目中的荆棘;绝海与凶巇,是他爱自由的途径。他爱折玫瑰:为她的色香,亦为她冷酷的刺毒。他爱搏狂澜:为他的庄严与伟大,亦为他吞噬一切的天才,最是激发他探险与好奇的动机。他崇拜冲动:不可测,不可节,不可预逆,起,动,消歇皆在无形中,狂飙似的倏忽与猛烈与神秘。他崇拜斗争:从斗争中求剧烈的生命之意义,从斗争中求绝对的实在,在血染的战阵中,呼嗷胜利之狂欢或歌败丧的哀曲。

幻象消灭是人生里命定的悲剧;青年的幻灭,更是悲剧中的悲剧,夜一般的沉黑,死一般的凶恶。纯粹的,猖狂的热情之火,不同阿拉亭的神灯,只能放射一时的异彩,不能永久的朗照;转瞬间,或许,便已敛熄了最后的焰舌,只留存有限的余烬与残灰,在未灭的余温里自伤与自慰。

流水之光,星之光,露珠之光,电之光,在青年的妙目中闪耀,我们不能不惊讶造化者艺术之神奇;然可怖的黑影,倦与衰与饱餍的黑影,同时亦紧紧的跟着时日进行,仿佛是烦恼,痛苦,失败,或庸俗的尾曳,亦在转瞬间,彗星似的扫灭了我们最自傲的神辉——流水涸,明星没,露珠散灭,电闪不再!

在这艳丽的日辉中,只见愉悦与欢舞与生趣,希望,闪烁的希望,在荡漾,在无穷的碧空中,在绿叶的光泽里,在虫鸟的歌吟中,在青草的摇曳中——夏之荣华,春之成功。春光与希望,是长驻的;自然与人生,是调谐的。

在远处有福的山谷内,莲馨花在坡前微笑,稚羊在乱石间跳跃,牧童们,有的吹着芦笛,有的平卧在草地上,仰看变幻的浮游的白云,放射下的青影在初黄的稻田中缥缈地移过。在远处安乐的村中,有妙龄的村姑,在流涧边照映她自制的春裙;口衔烟斗的农夫三四,在预度秋收的丰盈,老妇人们坐在家门外阳光中取暖,他们的周围有不少的儿童,手擎着黄白的钱花在环舞与欢呼。

在远——远处的人间,有无限的平安与快乐,无限的春光……

在此暂时可以忘却无数的落蕊与残红;亦可以忘却花荫中掉下的枯叶,私语地预告三秋的情意;亦可以忘却苦恼的僵瘪的人间,阳光与雨露的殷勤,不能再恢复他们腮颊上生命的微笑,亦可以忘却纷争的互杀的人间,阳光与雨露的仁慈,不能感化他们凶恶的兽性;亦可以忘却庸俗的卑琐的人间,行云与朝露的丰姿,不能引逗他们刹那间的凝视;亦可以忘却自觉的失望的人间,绚烂的春时与媚草,只能反激他们悲伤的意绪。

我亦可以暂时忘却我自身的种种;忘却我童年期清风白水似的天真;忘却我少年期种种虚荣的希冀;忘却我渐次的生命

的觉悟；忘却我热烈的理想的寻求；忘却我心灵中乐观与悲观的斗争；忘却我攀登文艺高峰的艰辛；忘却刹那的启示与彻悟之神奇；忘却我生命潮流之骤转；忘却我陷落在危险的旋涡中之幸与不幸；忘却我追忆不完全的梦境；忘却我大海底里埋着的秘密；忘却曾经刳割我灵魂的利刃，炮烙我灵魂的烈焰，摧毁我灵魂的狂飙与暴雨；忘却我的深刻的怨与艾；忘却我的冀与愿；忘却我的恩泽与惠感；忘却我的过去与现在……

过去的实在，渐渐的膨胀，渐渐的模糊，渐渐的不可辨认；现在的实在，渐渐的收缩，逼成了意识的一线，细极狭极的一线，又裂成了无数不相联续的黑点……黑点亦渐次的隐翳？幻术似的灭了，灭了，一个可怕的黑暗的空虚……

一九二三年八月中旬作

阅读心得

北戴河的海滨不仅有绰约的风姿，还有诗人无尽的沉思。在这样一个难得的日子，徐志摩独自栖在长椅上看着海滩的风光，想到了青年人火一样的希望和他们身上永远不说失败的活力。但好景不长，诗人转念一想，就想到了时光不再的悲凉与苦痛。其实徐志摩写这篇散文的时候自己也还是青年，但敏感多思是诗人的天性，徐志摩自然也不会例外，本来正是大好年华，却已经开始忧虑年华老去。

诗人的苦痛最终被海滨优美的自然风光抚平，读徐志摩的作品不难发现他对自然的推崇与喜爱。在他眼中，人应该与自然和谐共处，自然是抚平伤痛的最佳法宝。于是在自然风光面前，我们的诗人终于开始为自己疗伤，走出了内心的悲痛。

散文的最后作者表达了自己对人间丑恶一面的厌恶与讽刺,同时表现了他对自然风光的喜爱之情,情感真挚感人。

写作借鉴

这篇散文最引人瞩目的手法一为景物描写,二为排比应用。

文中有两部分大段的景物描写,作者用了比喻、拟人、夸张等修辞将海滨景物勾勒出来,描绘了北戴河海滨的优美风光。

文章结尾作者运用大量的排比,抒发了他对人间丑恶的厌恶和对自然风光的喜爱之情,读来让人觉得情感真切,十分有感染力。

除此之外,通过阅读此文我们还可以看到徐志摩驾驭语言的高超能力,尤其在陈述自己情感变化时,徐志摩不仅做到了精准传神,而且做到了具有美感。我们仔细阅读文中作者写自己心迹变化的句子,会有一种感同身受的体会,这就是作者具备精湛写作功底的体现。

丑 西 湖

📖 名师导读····

　　说起西湖，我们会想到美丽温柔的白娘子、充满神秘传说的断桥残雪，还有风姿绰约的西子……但在徐志摩眼中，西湖似乎并没有那么美好，名为《丑西湖》的文章一定会让读者皱起眉头，西湖为何而丑呢？

　　"欲把西湖比西子，浓妆淡抹总相宜。"我们太把西湖看理想化了。夏天要算是西湖浓妆的时候，堤上的杨柳绿成一片浓青，里湖一带的荷叶荷花也正当满艳，朝上的烟雾，向晚的晴霞，哪样不是现成的诗料，但这西姑娘你爱不爱？我是不成，这回一见面我回头就逃！什么西湖，这简直是一锅腥臊的热汤！西湖的水本来就浅，又不流通，近来满湖又全养了大鱼，有四五十斤的，把湖里袅袅婷婷的水草全给咬烂了，水浑不用说，还有那鱼腥味儿顶叫人难受。说起西湖养鱼，我听得有种种的说法，也不知哪样是内情：有说养鱼干脆是官家谋利，放着偌大一个鱼沼，养肥了鱼打了去卖不是顶现成的；有说养鱼是为预防水草长得太放肆了怕塞满了湖心，也有说这些大鱼都是大慈善家们为要延寿或是求子或是求财源茂健特为从别地方买了来放生在湖里的，而且现在打鱼当官是不准。不论怎么样，西湖确是变了鱼湖了。六月以来杭州据说一滴水都没有过，西湖当然水浅得像个干血痨的美女，再加那腥味儿！今年南方的热，说来我们住惯北方的也不易信，白天热不说，通宵到天亮也不见放松，天天大太阳，夜夜满天星，节节高的一天暖似一天。杭州更比上海不堪，西湖那一洼浅水用不到几个钟头的晒就离滚沸不远什么，四面又是山，这热是来得去不得，一天不发大风打阵，这锅热汤，就永远不会凉。我那天到了晚上才雇了条船游湖，心想比岸上总可以凉快些。好，风不来还熬得，风一来可真难受极了，又热又带腥味儿，真叫人发眩作呕，我同船一个朋友当时就病了，我记得红海里两边的沙漠风都似乎较为可耐些！夜间十二点我们回家的时候都还是热乎乎的。还有湖里的蚊虫！简直是一群群的大水鸭子！我一生定就活该。

这西湖是太难了，气味先就不堪。再说沿湖的去处，本来顶清淡宜人的一个地方是平湖秋月，那一方平台，几棵杨柳，几折回廊，在秋月清澈的凉夜去坐着看湖确是别有风味，更好在去的人绝少，你夜间去总可以独占，唤起看守的人来泡一碗清茶，冲一杯藕粉，和几个朋友闲谈着消磨他半夜，真是清福。我三年前一次去有琴友有笛师，躺平在杨树底下看揉碎的月光，听水面上翻响的幽乐，那逸趣真不易。西湖的俗化真是一日千里，我每回去总添一度伤心：雷峰也羞跑了，断桥折成了汽车桥，哈得在湖心里造房子，某家大少爷的汽油船在三尺的柔波里兴风作浪，工厂的烟替代了出岫的霞，大世界以及什么舞台的锣鼓充当了湖上的啼莺，西湖，西湖，还有什么可留恋的！这回连平湖秋月也给糟蹋了，你信不信？

"船家，我们到平湖秋月去，那边总还清静。"

"平湖秋月？先生，清静是不清静的，格歇开了酒馆，酒馆着实闹忙哩，你看，望得见的，穿白衣服的人多煞勒瞎，扇子扇得活血血的，还有唱唱的，十七八岁的姑娘，听听看——是无锡山歌哩，胡琴都蛮清爽的……"

那我们到楼外楼去吧。谁知楼外楼又是一个伤心！原来楼外楼那一楼一底的旧房子斜斜地对着湖心亭，几张揩抹得发白光的旧桌子，一两个上年纪的老堂倌，活络络的鱼虾，滑齐齐的莼菜，一壶远年，一碟盐水花生，我每回到西湖往往偷闲独自跑去领略这点子古色古香，靠在阑干上从堤边杨柳荫里望滟滟的湖光，晴有晴色，雨雪有雨雪的景致，要不然月上柳梢时意味更长，好在是不闹，晚上去也是独占的时候多，一边喝着热酒，一边与老堂倌随便讲讲湖上风光，鱼虾行市，也自有一种说不出的愉快。但这回连楼外楼都变了面目！地址不曾移动，但翻造了三层楼带屋顶的洋式门面，新漆亮光光的刺眼，在湖中就望见楼上电扇的疾转，客人闹盈盈地挤着，堂倌也换了，穿上西崽的长袍，原来那老朋友也看不见了，什么闲情逸趣都没有了！我们没办法移一个桌子在楼下马路边吃了一点东西，果然连小菜都变了，真是可伤。泰戈尔来看了中国，发了很大的感慨。他说，"世界上再没有第二个民族像你们这样蓄意地制造丑恶的精神"。怪不过老头牢骚，他来时对中国是怎样的期望（也许是诗人的期望），他看到的又是怎样一个现实！狄更生先生有一篇绝妙的文章，是他游泰山以后的感想，他对照西方人的俗与我们的雅，他们的唯利主义与我们的闲暇精神。他说只有中国人才真懂得爱护自然，他们在山水间的点缀是没有一点辜负自然的；实际上他们处处想法子增添自然的美，他们不容许煞风景的事业。他们在山上造路是依着山势回环曲折，铺上本山的石子，就这山道就饶有趣味，他们宁可牺牲一点便利，不愿斫丧自然的和谐。所以他们造的是妩媚的石径；欧美人来时不开马路就来穿山的电梯。他们在原来的石块上刻上美秀的诗文，漆成古色的青绿，在苔藓间掩映生趣；反之在欧美的山石上只见雪茄烟与各种生意的广告。他们在山林丛密处透出一角寺院的红墙，西方人起的是几层楼嘈杂的旅馆。听人说中国人得效法欧西，我不知道应得自觉虚心做学徒的究竟是谁！

这是十五年前狄更生先生来中国时感想的一节。我不知道他现在要是回来看看西湖的成绩，他又有什么妙文来颂扬我们的美德！

说来西湖真是个爱伦内（英文 irony 音译，意即"反讽"）。论山水的秀丽，西湖在世界上真有位置。那山光，那水色，别有一种醉人处，叫人不能不生爱。但不幸杭州的人种（我也算是杭州人），也不知怎的，特别地来得俗气来得陋相。不读书人无味，读书人更可厌，单听那一口杭白，甲隔甲隔的，就够人心烦！看来杭州人话会说（杭州人真会说话！），事也会做，近年来就"事业"方面看，杭州的建设的确不少，例如西湖堤上的六条桥就全给拉平了替汽车公司帮忙；但不幸经营山水的风景是另一种事业，绝不是开铺子、做官一类的事业，平常布置一个小小的园林，我们尚且说总得主人胸中有些丘壑，如今整个的西湖放在一班大佬的手里，他们的脑子里平常想些什么我不敢猜度，但就成绩看，他们的确是只图每年"我们杭州"商界收入的总数增加多少的一种头脑！开铺子的老板们也许沾了光，但是可怜的西湖呢？分明天生俊俏的一个少女，生生地叫一群粗汉去替她涂脂抹粉，就说没有别的难堪情形，也就够煞风景又煞风景！天啊，这苦恼的西子！

但是回过来说，这年头哪还顾得了美不美！江南总算是天堂，到今天为止。别的地方人命只当得虫子，有路不敢走，有话不敢说，还来搭什么臭绅士的架子，挑什么够美不够美的鸟眼？

八月七日

阅读心得

这篇文章没有大量的诗化语言和抒情的文字，而是直接抒情，表现了西湖之丑——因为西湖湖水的臭、气温的高以及周边景点雅趣的丧失，表现了作者对西湖的惋惜之情，同时也表现了他对部分国人不爱护自然、唯利是图行为的讽刺与批判。

徐志摩是热爱自然风光的，这位生性敏感的诗人每每在自然中得到救赎。因此，面对人们对自然的破坏，他感到无限的痛心疾首，认为美丽的西湖被如此改造实在是暴殄天物。

写作借鉴

本文的艺术手法并不像徐志摩之前的文章一样重点在于修辞手法的应用，而是围绕一个"真"字展开。

作者将西湖的丑分成三点叙述：水有恶臭、气温过高、周围环境糟糕，这三点是西湖丑的具体体现，在此基础上，作者深入挖掘了西湖为何这么丑，指出了人们利欲熏心是西湖变丑的直接原因。文章的最后，作者将中外进行对比，讽刺了现在学西方之后的恶果，并表现出了无限惋惜之情。

天目山中笔记

名师导读...

　　天目山位于浙皖两省交界处，风景秀丽，引人入胜。1926年的一个秋天，徐志摩来到了天目山游览，打动他的除了幽静美丽的山间风景，还有天目山上的两个和尚。

> 佛于大众中　说我当作佛　闻如是法音　疑悔悉已除
> 初闻佛所说　心中大惊疑　将非魔作佛　恼乱我心耶
>
> ——莲华经·譬喻品

　　山中不定是清静。庙宇在参天的大木中间藏著，早晚间有的是风，松有松声，竹有竹韵，鸣的禽，叫的虫子，阁上的大钟，殿上的木鱼，庙身的左边右边都安着接泉水的粗毛竹管，这就是天然的笙箫，时缓时急的参和着天空地上种种的鸣籁。静是不静的；但山中的声响，不论是泥土里的蚯蚓叫或是轿夫们深夜里"唱宝"的异调，自有一种个别处：它来得纯粹，来得清亮，来得透彻，冰水似的沁入你的脾肺；正如你在泉水里洗濯过后觉得清白些，这些山籁，虽则一样是音响，也分明有洗净的功能。

　　夜间这些清籁摇着你入梦，清早上你也从这些清籁的怀抱中苏醒。

　　山居是福，山上有楼住更是修得来的。我们的楼窗开处是一片蓊葱的林海；林海外更有云海！日的光，月的光，星的光：全是你的。从这三尺方的窗户你接受自然的变幻；从这三尺方的窗户你散放你情感的变幻。自在；满足。

今早梦回时睁眼见满帐的霞光。鸟雀们在赞美；我也加入一份。它们的是清越的歌唱，我的是潜深一度的沉默。

钟楼中飞下一声洪钟，空山在音波的磅礴中震荡。这一声钟激起了我的思潮。不，潮字太夸；说思流罢。耶教人说阿门，印度教人说"欧姆"（O—m），与这钟声的嗡嗡，同是从撮口外摄到合口内包的一个无限的波动：分明是外扩，却又是内潜；一切在它的周缘，却又在它的中心；同时是皮又是核，是轴亦复是廓。这伟大奥妙的"Om"使人感到动，又感到静；从静中见动，又从动中见静。从安住到飞翔，又从飞翔回复安住；从实在境界超入妙空，又从妙空化生实在：——

"闻佛柔软音，深远甚微妙。"

多奇异的力量！多奥妙的启示！包容一切冲突性的现象，扩大刹那间的视域，这单纯的音响，于我是一种智灵的洗净。花开，花落，天外的流星与田畦间的飞萤，上缩云天的青松，下临绝海的巉岩，男女的爱，珠宝的光，火山的熔液：一婴儿在他的摇篮中安眠。

这山上的钟声是昼夜不间歇的，平均五分钟时一次。打钟的和尚独自在钟头上住着，据说他已经不间歇的打了十一年钟，他的愿心是打到他不能动弹的那天。钟楼上供着菩萨，打钟人在大钟的一边安着他的"座"，他每晚是坐着安神的，一只手挽着钟槌的一头，从长期的习惯，不叫睡眠耽误他的职司。"这和尚，"我自忖，"一定是有道理的！和尚是没道理的多：方才那知客僧想把七窍蒙充六根，怎么算总多了一个鼻孔或是耳孔；那方丈师的谈吐里不少某督军与某省长的点缀；那管半山亭的和尚更是贪嗔的化身，无端摔破了两个无辜的茶碗。但这打钟和尚，他一定不是庸流不能不去看看！"他的年岁在五十开外，出家有二十几年，这钟楼，不错，是他管的，这钟是他打的（说着他就过去撞了一下），他每晚，也不错，是坐着安神的，但此外，可怜，我的俗眼竟看不出什么异样。他拂拭着神龛，神座，拜垫，换上香烛，掇一盂水，洗一把青菜，捻一把米，擦干了手接受香客的布施，又转身去撞一声钟。他脸上看不出修行的清癯，却没有失眠的倦态，倒是满满的不时有笑容的展露；念什么经；不，就念阿弥陀佛，他竟许是不认识字的。"那一带是什么山，叫什么，和尚？""这里是天目山，"他说。"我知道，我说的是那一带的，"我手点着问。"我不知道。"他回答。

山上另有一个和尚，他住在更上去昭明太子读书台的旧址，盖着几间屋，供着佛像，也归庙管的，叫作茅棚。但这不比得普渡山上的真茅棚，那看了怕人的，坐着或是偎着修行的和尚没一个不是鹄形鸠面，鬼似的东西。他们不开口的多，你爱布施什么就放在他跟前的篓子或是盘子里，他们怎么也不睁眼，不出声，随你给的是金条或是铁条。人说得更奇了。有的半年没有吃过东西，不曾挪过窝，可还是没有死，就这冥冥的坐着。他们大约离成佛不远了，单看他们的脸色，就比石片泥土不差什么，一样这黑剌剌，死僵僵的。"内中有几个，"香客们说，"已经成了活佛，我们的祖母早三十年来就看见他们这样坐着的！"

但天目山的茅棚以及茅棚里的和尚，却没有那样的浪漫出奇。茅棚是尽够蔽风雨的屋子，修道的也是活鲜鲜的人，虽则他并不因此减却他给我们的趣味。他是一个高身材、黑面目，行动迟缓的中年人；他出家将近十年，三年前坐过禅关，现在这山上茅棚里来修行；他在俗家时是个商人，家中有父母兄弟姊妹，也许还有自身的妻子；他不曾明说他中年出家的缘由，他只说"俗业太重了，还是出家从佛的好"。但从他沉着的语音与持重的神态中可以觉出他不仅是曾经在人事上受过磨折，并且是在思想上能分清黑白的人。他的口，他的眼，都泄漏着他内里强自抑制，魔与佛交斗的痕迹；说他是放过火杀过人的忏悔者，可信；说他是个回头的浪子，也可言。他不比那钟楼上人的不着颜色，不露曲折：他分明是色的世界里逃来的一个囚犯。三年的禅关，三年的草棚，还不曾压倒，不曾灭净，他肉身的烈火。"俗业太重了，不如出家从佛的好"；这话里岂不颤栗着一往忏悔的深心？我觉着好奇；我怎么能得知他深夜趺坐时意念的究竟？

> 佛于大众中　　说我当作佛　　闻如是法音　　疑悔悉已除
> 初闻佛所说　　心中大惊疑　　将非魔作佛　　恼乱我心耶

但这也许看太奥了。我们承受西洋人生观洗礼的，容易把做人看太积极，入世的要求太猛烈，太不肯退让，把住这热乎乎的一个身子一个心放进生活的轧床去，不叫他留存半点汁水回去;非到山穷水尽的时候,决不肯认输,退后,收下旗帜;并且即使承认了绝望的表示,他往往直接向生存本体的取决,不来半不阑珊的收回了步子向后退:宁可自杀,干脆的生命的断绝,不来出家,那是生命的否认。不错,西洋人也有出家做和尚做尼姑的,例如亚佩腊与爱洛绮丝,但在他们是情感方面的转变,原来对人的爱移作对上帝的爱,这知感的自体与它的活动依旧不含糊的在着;在东方人,这出家是求情感的消灭,皈依佛法或道法,目的在自我一切痕迹的解脱。再说,这出家或出世的观念的老家,是印度不是中国,是跟着佛教来的;印度可以会发生这类思想,学者们自有种种哲理上乃至物理上的解释,也尽有趣味的。中国何以能容留这类思想,并且在实际上出家做尼僧的今天不比以前少(我新近一个朋友差一点做了小和尚!),这问题正值得研究,因为这分明不仅仅是个知识乃至意识的浅深问题,也许这情形尽有极有趣味的解释的可能,我见闻浅,不知道我们的学者怎样想法,我愿意领教。

一九二六年八月作

阅读心得

　　天目山上风景秀丽,有着独特的佛门清净风格,静谧而充满生机。除了美丽的风景,天目山带给徐志摩的还有关于两个和尚的思考,这一部分的内容又让作品充满了哲理趣味。

写作借鉴

　　这篇散文充满了哲理之趣,逻辑清楚,脉络清晰,加以哲理趣味,是一篇游记,更是一篇随想记。

第三编

海滩上种花

海滩上种花

名师导读....

在海滩上种花似乎是一个很愚蠢的举动,因为海滩上不可能开出鲜艳的花朵。但种花的人却不这么想,在他们看来,种花这一行为就足够让人感到快乐了,不必去在乎种花的结果。

【开门见山】

作者开篇明确了文章讨论的重点——朋友是一种奢华,为接下来的论证埋下了伏笔,使文章结构更加清晰。

【比喻】

将自己向他人流露真情比作泉水找到适合自己的沟槽,形象生动,充满趣味。

朋友是一种奢华:且不说酒肉势利,那是说不上朋友,真朋友是相知,但相知谈何容易,你要打开人家的心,你先得打开你自己的,你要在你的心里容纳人家的心,你先得把你的心推放到人家的心里去;这真心或真性情的相互的流转,是朋友的秘密,是朋友的快乐。但这是说你内心的力量够得到,性灵的活动有富余,可以随时开放,随时往外流,像山里的泉水,流向容得住你的同情的沟槽;有时你得冒险,你得花本钱,你得抵拼在巉岈的乱石间,触刺的草缝里耐心的寻路,那时候艰难,苦痛,消耗,在在是可能的,在你这水一般灵动,水一般柔顺的寻求同情的心能找到平安欣快以前。

我所以说朋友是奢华;"相知"是宝贝,但得拿真性情的血本去换,去拚。因此我不敢轻易说话，因为我自己知道我的来源有限，十分的谨慎尚且不时有破产的恐惧；我不能随便"化"。前天有几位小朋友来邀我跟你们讲话，他们的恳切折服了我，使我不得不从命，但是小朋友们，说也惭愧，我拿什么来给你们呢？

我最先想来对你们说些孩子话，因为你们都还是孩子。但是那孩子的我到哪里去了？仿佛昨天我还是个孩子，今天不知怎的就变了样。什么是孩子要不为一点活泼的天真，但天真就比是泥土里的嫩芽，天冷泥土硬就压住了它的生机——这年头问谁去要和暖的春风？

孩子是没了。你记得的只是一个不清切的影子，麻糊得紧，我这时候想起就像是一个瞎子追念他自己的容貌，一样的记不周全；他即使想急了拿一双手到脸上去印下一个模子来，那样子也是个死的。真的没了。一天在公园里见一个小朋友不提多么活动，一忽儿上山，一忽儿爬树，一忽儿溜冰，一忽儿干草里打滚，要不然就跳着憨笑；我看着羡慕，也想学样，跟他一起玩，但是不能，我是一个大人，身上穿着长袍，心里存着体面，怕招人笑，天生的灵活换来矜持的存心——孩子，孩子是没有的了，有的只是一个年岁与教育蛀空了的躯壳，死僵僵的，不自然的。

我又想找回我们天性里的野人来对你们说

【比喻】

将自己追忆往昔容颜比作瞎子追念自己的容貌，突出了这种回忆的朦胧与无措。

【场面描写】

写孩子们自由自在地玩耍的场面，天真活泼，更激起了作者的无限怀念与感慨。

话。因为野人也是接近自然的；我前几年过印度时得到极刻心的感想，那里的街道房屋以及土人的体肤容貌，生活的习惯，虽则简，虽则陋，虽则不夸张，却处处与大自然——上面碧蓝的天，火热的阳光，地下焦黄的泥土，高矗的椰树——相调谐，情调，色彩，结构，看来有一种意义的一致，就比是一件完美的艺术的作品。也不知怎的，那天看了他们的街，街上的牛车，赶车的老头露着他的赤光的头颅与紫姜色的圆肚，他们的庙，庙里的圣像与神座前的花，我心里只是不自在，就仿佛这情景是一个熟悉的声音的叫唤，叫你去跟着他，你的灵魂也何尝不活跳跳的想答应一声"好，我来了"，但是不能，又有碍路的挡着你，不许你回复这叫唤声启示给你的自由。困着你的是你的教育；我那时的难受就比是一条蛇摆脱不了困住他的一个硬性的外壳——野人也给压住了，永远出不来。

所以今天站在你们上面的我不再是融会自然的野人，也不是天机活灵的孩子：我只是一个"文明人"，我能说的只是"文明话"。但什么是文明只是堕落？文明人的心里只是种种虚荣的念头，他到处忙不算，到处都得计较成败。我怎么能对着你们不感觉惭愧？不了解自然不仅是我的心，我的话也的。并且我即使有话说也没法

【比喻】
将印度人与自然相结合的生活场景比作完美的艺术品，表现了徐志摩对天人合一观念的推崇。

【夸张】
将自己的压抑夸大为蛇摆脱外壳的难受，更强调了作者此刻身为"文明人"的无奈。

【设问】
作者通过设问向"文明只是堕落？"剖析概念，揭开了所谓"文明"的本质。

表现，即使有思想也不能使你们了解；内里那点子性灵就比是在一座石壁里牢牢的砌住，一丝光亮都不透，就凭这只眼望见你们，但有什么法子可以传达我的意思给你们，我已经忘却了原来的语言，还有什么话可说的？

但我的小朋友们还是逼着我来说谎（没有话说而勉强说话便是谎）。知识，我不能给；要知识你们得请教教育家去，我这里是没有的。智慧，更没有了：智慧是地狱里的花果，能进地狱更能出地狱的才采得着智慧，不去地狱的便没有智慧——我是没有的。

我正发窘的时候，来了一个救星——就是我手里这一小幅画，等我来讲道理给你们听。这张画是我的拜年片，一个朋友替我制的。你们看这个小孩子在海边沙滩上独自的玩，赤脚穿着草鞋，右手提着一枝花，使劲把它往沙里栽，左手提着一把浇花的水壶，壶里水点一滴滴的往下掉着。离着小孩不远看得见海里翻动着的波澜。

你们看出了这画的意思没有？

在海砂里种花。在海砂里种花！那小孩这一番种花的热心怕是白费的了。砂碛是养不活鲜花的，这几点淡水是不能帮忙的；也许等不到小孩转身，这一朵小花已经支不住阳光的逼迫，就得交卸他有限的生命，枯萎了去。况且那海水的浪头也快打过来了，海浪冲来时不说这朵小小的花，就是大根的树也怕站不住——所以这花落在海边上是绝望的了，小孩这番力量准是白花的了。

你们一定很能明白这个意思。我的朋友是很聪明的，他拿这画意来比我们一群呆子，乐意在白天里做梦的呆子，满心想在海砂里种花的傻子。画里的小孩拿着有限的几滴淡水想维持花的生命，我们一群梦人也想在现在比沙漠还要干枯比沙滩更没有生命的社会里，凭着最有限的力量，想下几颗文艺与思想的种子，这不是一样绝望，一样的傻？想在海砂里种花，想在海砂里种花，多可笑呀！但我的聪明的朋友说，这幅小小画里的意思还不止此；讽刺不是她的目的。她要我们更深一层看。在我们看来海砂里种花是傻气，但在那小孩自己却不觉得。他的思想是单纯的，他的信仰也是单纯的。他知道的是什么？他知道花是可爱的，可爱的东西应得帮助他发长；他平常看见花草都是从地土里长出来的，他看来海砂也只是地，为什么海砂里不能长花他没有想到，也不必想到，他就知道拿花来栽，拿水去浇，只要那花在地上站直了他就欢喜，他就乐，他就会跳他的跳，唱他的唱，来赞美这美丽的生命，以后怎样，海砂的性质，花的运命，他全管不着！

【反问】
　　作者在这里将自己和在海砂里种花的小孩相比较，指出了自己的天真与傻，通过反问句式，看似否定，实则肯定，表现了对自己执着于梦想的肯定。

【设置悬念】
　　朋友送卡片的真正目的是什么？作者在此设置悬念，吸引读者一探究竟。

我们知道小孩们怎样的崇拜自然，他的身体虽则小，他的灵魂却是大着，他的衣服也许脏，他的心可是洁净的。这里还有一幅画，这是自然的崇拜，你们看这孩子在月光下跪着拜一朵低头的百合花，这时候他的心与月光一般的清洁，与花一般的美丽，与夜一般的安静。我们可以知道到海边上来种花那孩子的思想与这月下拜花的孩子的思想会得跪下的——单纯、清洁，我们可以想象那一个孩子把花栽好了也是一样来对着花膜拜祈祷——他能把花暂时栽了起来便是他的成功，此外以后怎么样不是他的事情了。

【排比】
通过三个比喻和排比，突出了孩子单纯无邪的内心。

你们看这个象征不仅美，并且有力量；因为它告诉我们单纯的信心是创作的泉源——这单纯的烂漫的天真是最永久最有力量的东西，阳光烧不焦他，狂风吹不倒他，海水冲不了他，黑暗掩不了他——地面上的花朵有被摧残有消灭的时候，但小孩爱花种花这一点："真"却有的是永久的生命。

【正面描写】
指出了信心对于创作的重要作用。

我们来放远一点看。我们现有的文化只是人类在历史上努力与牺牲的成绩。为什么人们肯努力牺牲？因为他们有天生的信心；他们的灵魂认识什么是真什么是善什么是美，虽则他们的肉体与智识有时候会诱惑他们反着方向走路；但只要他们认明一件事情是有永久价值的

【设问】
通过自问自答的方式点明了人类肯努力牺牲的原因——信心。

时候,他们就自然的会兴奋,不期然的自己牺牲,要在这忽忽变动的声色的世界里,赎出几个永久不变的原则的凭证来。耶稣为什么不怕上十字架?密尔顿(通译"弥尔顿")何以瞎了眼还要做诗,贝德花芬(通译"贝多芬")何以聋了还要制音乐,密仡郎其罗(通译"米开朗琪罗")为什么肯积受几个月的潮湿不顾自己的皮肉与靴子连成一片的用心思,为的只是要解决一个小小的美术问题?为什么永远有人到冰洋尽头雪山顶上去探险?为什么科学家肯在显微镜底下或是数目字中间研究一般人眼看不到心想不通的道理消磨他一生的光阴?

【举例子】
此处作者列举了大量事实论据来证明自己的观点。举例子可以让文章的内容更加充实,增添文章的文化气息。

为的是这些人道的英雄都有他们不可摇动的信心;像我们在海砂里种花的孩子一样,他们的思想是单纯的——宗教家为善的原则牺牲,科学家为真的原则牺牲,艺术家为美的原则牺牲——这一切牺牲的结果便是我们现有的有限的文化。

【反问】
反问表示的是肯定,作者在这里肯定了人类之所以创作出杰作其实和海边的小孩子种花是一样的原理——来自我们的信心。

你们想想在这地面上做事难道还不是一样的傻气——这地面还不与海砂一样不容你生根;在这里的事业还不是与鲜花一样的娇嫩?——潮水过来可以冲掉,狂风吹来可以折坏,阳光晒来可以熏焦我们小孩子手里拿着往砂里栽的鲜花,同样的,我们文化的全体还不一样有随时可以冲掉折坏薰焦的可能吗？巴比伦的文明现在哪里？磈碎(通译"庞贝")城曾经在地下埋过千百年，克利脱的文明直到最近五六十年间才完全发现。并且有时一件事实体的存在并不能证明他生命的继续。这区区地球的本体就有一千万个毁灭的可能。人们怕死不错，<u>我们怕死人，但最可怕的不是死的死人，是活的死人，单有躯壳生命没有灵性生活是莫大的悲惨；文化也有这种情形，死的文化倒也罢了，最可怜的是勉强喘着气的半死的文化。</u>你们如其问我要例子，我就不迟疑的回答你说，朋友们，贵国的文化便是一个喘着气的活死人！时候已经很久的了，自从我们最后的几个祖宗为了不变的原则牺牲他们的呼吸与血液，为了不死的生命牺牲他们有限的存在，为了单纯的信心遭受当时人的讪笑与侮辱。时候已经很久的了，自从我们最后听见普遍的声音像潮水似的充满着地面。时候已经很久的了，自从我们最后看见强烈的光明像彗星似的扫掠过地面。时候已经很久的了，自从我们最后为某种主义流过火热的鲜血。时候已经很久的了，自从我们的骨髓里有胆量，我们的说话里有分量。<u>这是一个极伤心的反省！我真不知道这时代犯了什么不可赦的大罪，上帝竟狠心的赏给我们这样恶毒的刑罚？</u>你看看去这年头到哪里去找一个

【对比】
　　作者比较了死的人和死的文化之间的可怕，突出了后者对我们而言是更大的危害。

【直接抒情】
　　作者列举了我们文化中的多种实例，论证了我们作为半死的文化之可惜可叹。此处直接抒情，表现了作者此刻的哀痛之情。

完全的男子或是一个完全的女子——你们去看去，这年头哪一个男子不是阳痿，哪一个女子不是鼓胀！要形容我们现在受罪的时期，我们得发明一个比丑更丑比脏更脏比下流更下流比苟且更苟且比懦怯更懦怯的一类生字去！朋友们，真的我心里常常害怕，害怕下回东风带来的不是我们盼望中的春天，不是鲜花青草蝴蝶飞鸟，我怕他带来一个比冬天更枯槁更凄惨更寂寞的死天——因为丑陋的脸子不配穿漂亮的衣服，我们这样丑陋的变态的人心与社会凭什么权利可以问青天要阳光，问地面要青草，问飞鸟要音乐，问花朵要颜色？你问我明天天会不会放亮？我回答说我不知道，竟许不！

归根是我们失去了我们灵性努力的重心，那就是一个单纯的信仰，一点烂漫的童真！不要说到海滩去种花——我们都是聪明人谁愿意做傻瓜去——就是在你自己院子里种花你都懒怕动手哪！最可怕的怀疑的鬼与厌世的黑影已经占住了我们的灵魂！

所以朋友们，你们都是青年，都是春雷声响不曾停止时破绽出来的鲜花，你们再不可堕落了——虽则陷阱的大口满张在你的跟前，你不要怕，你把你的烂漫的天真倒下去，填平了它再往前走——你们要保持那一点的信心，这里面连着来的

【设问】
作者采用了自问自答的方式来表现自己对明天(未来)的不确定。

【正面描写】
作者正面总结了我们的文明半死不活，我们的社会病态的原因——我们失去了童真。

【发出号召】
徐志摩在这里向青年们发起呼唤和号召，既表现了他对未来充满了希望，同时也表现出了他对青年深切的期望。

就是精力与勇敢与灵感——你们要不怕做小傻瓜，尽量在这人道的海滩边种你的鲜花去——花也许会消灭，但这种花的精神是不烂的！

一九二五年在燕京大学附属中学的演讲稿

阅读心得

文章可以分成两部分，点明拜年卡内容之前，作者指出了朋友的可贵，并对孩子和野人的共同点——人类最初状态下自然而然的自信与快乐表示了认同。接着，作者通过一张拜年卡引出了本文的中心——在海滩上种花的小孩子。在外人看来，在海滩上种花的行为是十分愚蠢的，作者却不以为然，他指出，海滩上种花的孩子很快乐，他很享受这个种花过程，孩子的快乐和强大的自信心远比花朵更重要。

作者进一步分析了古今中外无数为自己钟爱的事业而献身的人们其实都无异于在海滩上种花的小孩子，并高度肯定和赞扬了这种种花的精神。接着，作者指出了我们的社会目前存在的一些不好的现象，指出我们已经丧失了最原始的自信心，所以整个社会都呈现出病态的面貌。作者在最后大声呼吁年轻人不要被现实打垮，要拥有在海滩上种花的精神，勇敢地去闯出属于自己的天地。

写作借鉴

本篇散文的亮点在于结构清晰和多种修辞手法的应用。作者像一位教师般一步步将读者带入他的论述中，指出了问题的关键所在。

另外，和徐志摩以往的文章一样，这篇文章也用了比喻、排比、拟人等大量的修辞方法，从而使文章文采斐然。

我的祖母之死

📖 名师导读···

死亡是一个过分沉重的话题，很多人都不愿意提起，但人类终究不能逃避死亡。在徐志摩看来，死亡是令人悲痛的，但不一定是痛苦的，他认为，死亡恰恰是生命的一部分，和生一样令人心生敬畏。

一

一个单纯的孩子，

过他快活的时光，

兴冲冲的，活泼泼的，

何尝识别生存与死亡？

这四行诗是英国诗人华茨华斯（William Wordsworth）一首有名的小诗叫作"我们是七人"（We are seven）的开端，也就是他的全诗的主意。这位爱自然，爱儿童的诗人，有一次碰着一个八岁的小女孩，发卷蓬松的可爱，他问她兄弟姊妹共有几个，她说我们是七个，两个在城里，两个在外国，还有一个姊妹一个哥哥，在她家里附近教堂的墓园里埋着。但她小孩的心里，却分不清生与死的界限，她每晚携着她的干点心与小盘皿，到那墓园的草地里,独自的吃,独自的唱,唱给她的在土堆里眠着的兄姊听,虽则他们静悄悄的莫有回响,她烂漫的童心却不曾感到生死间有不可思议的阻隔;所以任凭华翁多方的譬解,她只是睁着一双灵动的小眼,回答说:

"可是,先生,我们还是七人。"

二

其实华翁自己的童真,也不让那小女孩的完全。他曾经说:"在孩童时期,我不能相信我自己有一天也会得悄悄地躺在坟里,我的骸骨会得变成尘土。"又一次他对人说:"我做孩子时最想不通的,是死的这回事将来也会得轮到我自己身上。"

孩子们天生是好奇的,他们要知道猫儿为什么要吃耗子,小弟弟从哪里变出来的,或是究竟先有鸡还是先有鸡蛋;但人生最重大的变端——死的现象与实在,他们也只能含糊的看过,我们不能期望一个个小孩子们都是搔头穷思的丹麦王子。他们临到丧故,往往跟着大人啼哭;但他只要眼泪一干,就会到院子里踢毽子,赶蝴蝶,即使在屋子里长眠不醒了的是他们的亲爹或亲娘,大哥或小妹,我们也不能盼望悼死的悲哀可以完全翳蚀了他们稚羊小狗似的欢欣。你如其对孩子说,你妈死了,你知道不知道——他十次里有九次只是对着你发呆;但他等到要妈叫妈,妈偏不应的时候,他的嫩颊上就会有热泪流下。但小孩天然的一种表情,往往可以给人们最深的感动。我生平最忘不了的一次电影,就是描写一个小孩爱恋已死母亲的种种天真的情景。她在园里看种花,园丁告诉她这花在泥里,浇下水去,就会长大起来。那天晚上天下大雨,她睡在床上,被雨声惊醒了,忽然想起园丁的话,她的小脑筋里就发生了绝妙的主意。她偷偷的爬出了床,走下楼梯,到书房里去拿下桌上供着的她死母的照片,一把揣在怀里,也不顾倾倒着的大雨,一直走到园里,在地上用园丁的小锄掘松了泥土,把她怀里的亲妈,谨慎的取出来,栽在泥里,把松泥掩护着,她做完了工就蹲在那里守候,穿着白色的睡衣,在深夜的暴雨里,蹲在露天的地上,专心笃意的盼望已经死去的亲娘,像花草一般,从泥土里发长出来!

三

我初次遭逢亲属的大故,是二十年前我祖父的死,那时我还不满六岁。那是我生平第一次可怕的经验,但我追想当时的心理,我对于死的见解也不见得比华翁的那位小姑娘高明。我记得那天夜里,家里人吩咐祖父病重,他们今夜不睡了,但叫我和我的姊妹先上楼睡去,回头要我们时他们会来叫的。我们就上楼去睡了,底下就是祖父的卧房,我那时也不十分明白,只知道今夜一定有很怕的事,有火烧,强盗抢,做怕梦一样的可怕。我也不十分睡着,只听得楼下的急步声,碗碟声,唤婢仆声。隐隐的哭泣声,不息的响着。过了半夜,他们上来把我从睡梦里抱了下去,我醒过来只听得一片的哭声,他们已经把长条香点起来,一屋子的烟,一屋子的人,围拢在床前,哭的哭,喊的喊,我也捱了过去,在人丛里偷看大床里的好祖父。忽然听说醒了醒了,哭喊声也歇了,我看见父亲趴在床里,把病父抱持在怀里。祖父倚在他的身上,双眼紧闭着,口里衔着一块黑色的药物,他说话了,很轻的声音，虽则我不曾听明他说的什么话，后来知道他经过了一阵昏晕，他又醒了过来对家人说："你们吃吓了，这算是小死。"他接着又说了好几句话，随讲音随低，呼气随微，去了，再不醒了，但我却不曾亲见最后的弥留，也许是我记不起，总之我那时早已跪在地板上，手里擎着香，跟着大家高声的哭喊了。

四

此后我在亲戚家收殓虽则看得不少，但死的实在的状况却不曾见过。我们念书人的幻想是比较的丰富，但往往因为有了幻想力，就不管生命现象的实在，结果是书呆子，陆放翁说"百无一用是书生"。人生范围是无穷的，我们少年时精力充足什么都不怕尝试，只愁没有出奇的事情做，往往抱怨这宇宙太窄，青天太低，大鹏似的翅膀飞不痛快，但是……但是平心的说，且不论奇的，怪的，特别的，离奇的，我们姑且试问人生里最基本的事实，最单纯的，最普遍的，最平庸的，最近人情的经验，我们究竟能有多少的把握，我们能有多少深彻的了解，我们是否都亲身经历过？譬如说：生产，恋爱，痛苦，悲，死，妒，恨，快乐，真疲倦，真饥饿，渴，毒焰似的渴，真的幸福，冻的刑罚，忏悔，种种的情热。我可以说，我们平常人生观，人类，人道，人情，真理，哲理，本能等等名词不离口吻的念书人们，什么文学家，什么哲学家——关于真正人生基本的事实的实在，知道的——恐怕是极微至鲜，即便不等于圆圈。我有一个朋友，他和夫人的感情极厚，一次他夫人临到难产，因为在外国，所以进医院什么都得他自己照料，最后医生宣言只有用手术一法，但性命不能担保，他没有法子，只好和他半死的夫人诀别（解剖时亲属不准在旁边）。满心毒魔似的难受，他出了医院，走在道上，走上桥上，像得了离魂病似的，心脉春曰似的跳着，最后他听着了教堂和缓的钟声，他就不自主的跟着钟声，进了教堂，跟着做礼拜的跪着，祷告，忏悔，祈求，唱诗，流泪（他并不是信教的人），他这样的捱过时刻，后来回转医院时，一步步都是残酷的磨难，比上刑场的犯人，加倍的难受，他怕见医生与看护妇，仿佛他的命运是在他们的手掌里握着。事后他对人说："我这才知道了人生一点子的意味！"

五

所以不曾经历过精神或心灵的大变的人们，只是在生命的户外徘徊，也许偶尔猜想到几分墙内的动静，但总是浮的浅的，不切实的，甚至完全是隔膜的。人生也许是个空虚的幻梦，但在这幻象中，生与死，恋爱与痛苦，毕竟是陡起的奇峰，应得激动我们彷徨者的注意，在此中也许有可以感悟到一些幻里的真，虚中的实，这浮动的水泡不曾破裂以前，也应得饱吸自由的日光，反射几丝颜色！

我是一只不羁的野驹，我往往纵容想象的猖狂，诡辩人生的现实；比如凭借凹折的玻璃，觉察当前景色。但时而复再，我也能从烦嚣的杂响中听出清新的乐调，在炫耀的杂彩里，看出有条理的意匠。这次祖母的大故，老家庭的生活，给我不少静定的时刻，不少深刻的反省。我不敢说我因此感悟了部分的真理，或是取得了若干智慧；我只能说我因此与实际生活更深了一层的接触，益发激动我对于人生种种好奇的探讨，益发使我惊讶这迷迷的玄妙，不但死是神奇的现象，不但生命与呼吸是神奇的现象，就连日常的生活与习惯与迷信，也好像放射着异样的光闪，不容我们擅用一两个形容词来概状，更不容我们倡言什么主义来抹煞——一个革新者的热心，碰着了实在的寒冰！

六

我在我的日记里翻出一封不曾写完不曾付寄的信，是我祖母死后第二天的早上写的。我那时在极强烈的极鲜明的时刻内，很想把那几日经过感想与疑问，痛快的写给一个同情的好友，使他在数千里外也能分尝我强烈的鲜明的感情。那位同情的好友我选中了通伯，但那封信却只起了一个呆重的头，一为丧中忙，二为我那时眼热不耐用心，始终不曾写就，一直挨到现在再想补写，恐怕强烈已经变弱，鲜明已经变暗，逃亡的思绪，不易追获的了。我现在把那封残信录在这里，再来追摹当时的情景。

通伯：

我的祖母死了！从昨夜十时半起，直到现在，满屋子只是号啕呼抢的悲音，与和尚，道士，女僧的礼忏鼓磬声。二十年前祖父丧时的情景，如今又在眼前了。忘不了的情景！你愿否听我讲些？

我一路回家，怕的是也许已经见不到老人，但老人却在生死的交关仿佛存心的弥留着，等待她最钟爱的孙儿——即不能与他开言诀别，也使他尚能把握她依然温暖的手掌，抚摩她依然跳动着的胸怀，凝视她依然能自开自阖虽则不再能表情的目睛。她的病是脑充血的一种，中医称为"卒中"（最难救的中风）。她十日前在暗房里颠仆倒地，从此不再开口出言，登仙似的结束了她八十四年的长寿，六十年良妻与贤母的辛勤，她现在已经永远的脱辞了烦恼的人间，还归她清静自在的来处。我们承受她一生的厚爱与荫泽的儿孙，此时亲见，将来追念，她最后的神化，不能自禁中怀的摧痛，热泪暴雨似的盆涌，然痛心中却亦隐有无穷的赞美，热泪中依稀想见她功成德备的微笑，无形中似有不朽的灵光，永远的临照她绵衍的后裔……

七

旧历的乞巧那一天，我们一大群快活的游踪，驴子灰的黄的白的，轿子四个脚夫抬的，正在山海关外，迂回的，曲折的绕登角山的栖贤寺，面对着残圮的长城，巨虫似的爬山越岭，隐入烟霭的迷茫。那晚回北戴河海滨住处，已经半夜，我们还打算天亮四点钟上莲峰山去看日出，我已经快上床，忽然想起了，出去问有信没有，听差递给我一封电报，家里来的四等电报。我就知道不妙，果然是"祖母病危速回"！我当晚就收拾行装，赶早上六时车到天津，晚上才上津浦快车。正嫌路远车慢，半路又为发水冲坏了轨道过不去，一停就停了十二点钟有余，在车里多过了一夜，直到第三天的中午方才过江上沪宁车。这趟车如其准点到上海，刚好可以接上沪杭的夜车，谁知道又误了点，误了不多不少的一分钟，一面我们的车进站，他们的车头鸣的一声叫，别断别断的去了！我若然悬空身子，还可以冒险跳车，偏偏我的一双手又被行李雇定了,所以只得定着眼睛送沪杭车离站远去,直到八月二十二日的中午我方才到家。我给通伯的信说"怕的是已经见不着老人",在路上那几天真是难受,缩不短的距离没有法子,但是那急人的水发,急人的火车,几面凑拢来,叫我整整的迟一昼夜到家!试想病危了的八十四岁的老人,这二十四点钟不是容易过的,说不定她刚巧在这个期间内有什么动静,那才叫人抱愧哩!可是结果还算没有多大的差池——她老人家还在生死的交关等着!

八

奶奶——奶奶——奶奶!奶——奶!你的孙儿回来了,奶奶!没有回音。老太太阖着眼,仰面躺在床里,右手拿着一把半旧的雕翎扇很自在的扇动着。老太太原就怕热,每到暑天总是扇子不离手的,那几天又是特别的热。这还不是好好的老太太,呼吸顶匀净的,定是睡着了,谁说危险!奶奶,奶奶!她把扇子放下了,伸手去摸着头顶上挂着的冰袋,一把抓得紧紧的,呼了一口长气,像是暑天赶道儿的喝了一碗凉汤似的,这不是她明明的有感觉不是?我把她的手握在手里,她似乎感觉我手心的热,可是她也让我握着,她开了眼了!右眼张得比左眼开些,瞳子却是发呆,我拿手指在她的眼前一挑,她也没有瞬,那准是她瞧不见了——奶奶!奶奶,——她也真没有听见,难道她真是病了,真是危险,这样爱我疼我宠我的好祖母,难道真会得……我心里一阵的难受,鼻子里一阵的酸,滚热的眼泪就迸了出来。这时候床前已经挤满了人,我的这位,我的那位,我一眼看过去,只见一片惨白忧愁的面色，一双双装满了泪珠的眼眶，我的妈更看的憔悴。她们已经伺候了六天六夜，妈对我讲祖母这回不幸的情形，怎样的她夜饭前还在大厅上吩咐事情，怎样的饭后进房去自己擦脸，不知怎样的闪了下去，外面人听着响声进去，已经是不能开口了，怎样的请医生，一直到现在还没有转机……

　　一个人到了天伦骨肉的中间，整套的思想情绪，就变换了式样与颜色。你的不自然的口音与语法没有用了；你的耀眼的袍服可以不必穿了；你的洁白的天使的翅膀，预备飞翔出人间到天堂的，不便在你的慈母跟前自由的开豁；你的理想的楼台亭阁，也不易轻易的放进这二百年的老屋；你的佩剑，要塞，以及种种的防御，在争竞的外界即使是必要的，到此只是可笑的累赘。在这里，不比在其余的地方，他们所要求于你的，只是随熟的声音与笑貌，只是好的，纯粹的本性，只是一个没有斑点子的赤裸裸的好心。在这些纯爱的骨肉的经纬中间，不由得你不从你的天性里抽出最柔糯亦最有力的几缕丝线来加密或是缝补这幅天伦的结构。

　　所以我那时坐在祖母的床边，含着两朵热泪，听母亲叙述她的病况，我脑中发生了异常的感想，我像是至少逃回了二十年的光阴，正如我膝前子侄辈一般的高矮，回复了一片纯朴的童真，早上走来祖母的床前，揭开帐子叫一声软和的奶奶，她也回叫了我一声，伸手到里床去摸给我一个蜜枣或是三片状元糕，我又叫了一声奶奶，出去玩了，那是如何可爱的辰光，如何可爱的天真，但如今没有了，再也不回来了。现在床里躺着的，还不是我亲爱的祖母，十个月前我伴着到普陀登山拜佛清健的祖母，但现在何以不再答应我的呼唤,何以不再能表情,不再能说话,她的灵性哪里去了,她的灵性哪里去了?

九

一天,一天,又是一天——在垂危的病榻前过的时刻,不比平常飞驶无碍的光阴,时钟上同样的一声嘀嗒,直接地打在你的焦急的心里,给你一种模糊的隐痛——祖母还是照样的眠着,右手的脉自从起病以来已是极微仅有的,但不能动弹的却反是有脉的左侧,右手还时不时在挥扇,但她的呼吸还是一例的平匀,面容虽不免瘦削,光泽依然不减,并没有显著的衰象,所以我们在旁边看她的,差不多每分钟都盼望她从这长期的睡眠中醒来,打一个哈欠,就开眼见人,开口说话——果然她醒了过来,我们也不会觉得离奇,像是原来应当似的。但这究竟是我们亲人绝望中的盼望,实际上所有医生,中医,西医,针医,都已一致的回绝,说这是"不治之症",中医说这脉象是凭证,西医说脑壳里血管破裂,虽则植物性机能——呼吸,消化——不曾停止,但言语中枢已经断绝——此外更专门更玄学更科学的理论我也记不得了。所以暂时不变的原因,就在老太太本来的体元太好了,拳术家说的"一时不能散工",并不是病有转机的兆头。

我们自己人也何尝不明白这是个绝症;但我们却总不忍自认是绝望:这"不忍"便是人情。我有时在病榻前,在凄恻的静默中,发生了重大的疑问。科学家说人的意识与灵感,只是神经系最高的作用,这复杂、微妙的机械,只要部分有了损伤或是停顿,全体的动作便发生相当的影响;如其最重要的部分受了扰乱，他不是变成反常的疯癫，便是完全的失去意识。照这一说，体即是用，离了体即没有用；灵魂是宗教家的大谎，人的身体一死什么都完了。这是最干脆不过的说法，我们活着时有这样有那样已经足够麻烦，尽够受，谁还有兴致，谁还愿意到坟墓的那一边再去发生关系，地狱也许是黑暗的，天堂是光明的，但光明与黑暗的区别无非是人类专擅的假定，我们只要摆脱这皮囊，还归我清静，我不愿意头戴一个黄色的空圈子，合着手掌跪在云端里受罪！

再回到事实上来，我的祖母——一位神智最清明的老太太——究竟在哪里？我既然不能断定因为神经部分的震裂她的灵感性便永远的消灭，但同时她又分明的失却了表情的能力，我只能设想她人格的自觉性，也许比平时消淡了不少，却依旧是在着，像在梦魇里将醒未醒时似的，明知她的儿女孙曾不住的叫唤她醒来，明知她即使要永别也总还有多少的嘱咐，但是可怜她的眼球再不能反映外界的印象，她的声带与口舌再不能表达她内心的情意，隔着这脆弱的肉体的关系，她的性灵再不能与她最亲的骨肉自由的交通——也许她也在整天整夜的伴着我们焦急，伴着我们伤心，伴着我们出泪，这才是可怜，这才真叫人悲感哩！

十

到了八月二十七那天，离她起病的第十一天，医生吩咐脉象大大的变了，叫我们当心，这十一天内每天她很困难的只咽入几滴稀薄的米汤，现在她的面上的光泽也不如早几天了，她的目眶更陷落了，她的口部的肌肉也更宽弛了，她右手的动作也减少了，即使拿起了扇子也不再能很自然的扇动了——她的大限的确已经到了。但是到晚饭后，反是没有什么显象。同时一家人着了忙，准备寿衣的，准备冥银的，准备香灯等等的。我从里走出外，又从外走进里，只见匆忙的脚步与严肃的面容。这时病人的大动脉已经微细得不可辨，虽则呼吸还不至怎样的急促。这时一门的骨肉已经齐集在病房里，等候那不可避免的时刻。到了十时光景，我和我的父亲正坐在房的那一头一张床上，忽然听得一个哭叫的声音说——"大家快来看呀，老太太的眼睛张大了！"这尖锐的喊声，仿佛是一大桶的冰水浇在我的身上，我所有的毛管一齐竖了起来，我们跟跄的奔到了床前，挤进了人丛。果然，老太太的眼睛张大了，张得很大了！这是我一生从不曾见过，也是我一辈子忘不了的眼见的神奇。（恕罪我的描写！）不但是两眼，面容也是绝对的神变了（transfigured）；她原来皱缩的面上，发出一种鲜润的彩泽，仿佛半瘀的血脉，又一次在全身通畅了。她那布满皱纹的面颊也都回复了异样的丰润；同时她的呼吸渐渐的上升，急进的短促，现在已经几乎脱离了气管，只在鼻孔里脆响的呼出了。但是最神奇不过的是一双眼睛！她的瞳孔早已失去了收敛性，呆顿的放大了。但是最后那几秒钟，不但眼眶是充分的张开了，不但黑白分明，瞳孔锐利的紧敛了，并且放射着一种不可形容，不可信的辉光，我只能称它为"生命最集中的灵光"！这时候床前只是一片的哭声，子媳唤着娘，孙子唤着祖母，婢仆争喊着老太太，几个稚龄的曾孙，也跟着狂叫太太……但老太太最后的开眼，仿佛是与她亲爱的骨肉，作无言的诀别，我们都在号泣的送终，她也安慰了，她放心的去了。在几秒钟内，死的黑影已经移上了老人面部，遏灭了生命的异彩，她最后的呼气，正似水泡破裂，电光杳灭，菩提的一响，生命呼出了窍，什么都止息了。

十一

我满心充塞了死象的神奇，同时又须顾管我有病的母亲，她那时出性的号啕，在地板上滚着，我自己反而哭不出来；我自己也觉得奇怪，眼看着一家长幼的涕泪滂沱，耳听着狂沸似的呼抢号叫，我不但不发生同情的反应，却反而达到一个超感情的，静定的，幽妙的意境，我想象的看见祖母脱离了躯壳与人间，穿着雪白的长袍，冉冉的上升天去，我只想默默的跪在尘埃，赞美她一生的功德，赞美她一生的圆寂。这是我的设想！我们内地人却没有这样纯粹的宗教思想；他们的假定是不论死的是高年厚德的老人或是无知无愆的幼孩，或是罪大恶极的凶人，临到弥留的时刻总是一例的有无常鬼，摸壁鬼，牛头马面，赤发獠牙的阴差等等到门，拿着镣链枷锁，来捉拿阴魂到案。所以烧纸帛是平他们的暴戾，最后的呼抢是没奈何的诀别。这也许是大部分临死时实在的情景，但我们却不能概定所有的灵魂都不免遭受这样的凌辱。譬如我们的祖老太太的死，我能想象她是登天，只能想象她慈祥的神化——像那样鼎沸的号啕，固然是至性不能自禁，但我总以为不如匍伏隐泣或祷默，较为近情，较为合理。

理智发达了，感情便失去了自然的浓挚；厌世主义的看来，眼泪与笑声一样是空虚的，无意义的。但厌世主义姑且不论，我却不相信理智的发达，会得妨碍天然的情感；如其教育真有效力，我以为效力就在剥削了不合理性的"感情作用"，但决不会有损真纯的感情；他眼泪也许比一般人流得少些，但他等到流泪的时候，他的泪才是应流的泪。我也是智识愈开流泪愈少的一个人，但这一次却也真的哭了好几次。一次是伴我的姑母哭的，她为产后不曾复元，所以祖母的病一直瞒着她，一直到了祖母故后的早上方才通知她。她扶病来了。她还不曾下轿，我已经听出她在啜泣，我一时感觉一阵的悲伤，等到她出轿放声时，我也在房中歔欷不住。又一次是伴祖母当年的赠嫁婢哭的。她比祖母小十一岁，今年七十三岁，亦已是个白发的婆子，她也来哭他的"小姐"，她是见着我祖母的花烛的唯一的一个人，她的一哭我也哭了。

再有是伴我的父亲哭的。我总是觉得一个身体伟大的人，他动情感的时候，动人的力量也比平常人伟大些。我见了我父亲哭泣，我就忍不住要伴着淌泪。但是感动我最强烈的几次，是他一人倒在床里，反复的啜泣着，叫着妈，像一个小孩似的，我就感到最热烈的伤感，在他伟大的心胸里浪涛似的起伏，我就感到母子的感情的确是一切感情的起源与总结，等到一失慈爱的荫蔽，仿佛一生的事业顿时莫有了根底，所有的欢乐都不能填平这唯一的缺陷；所以他这一哭，我也真哭了。但是我的祖母果真是死了吗？她的躯体是的，但她是不死的。诗人勃兰恩德（Bryant）说：

So live, that when thy summons comes to join the innumer able

caravan, which moves to that mysterious realm where each one takes his chamber in the silent halls of death, then go not, like the qoarry slave at night scourged to his dungeon, but sust ained and soothed.

By an unfaltering truth, approach thy grave like one that wraps the Drapery of his couch, about him, and lies doun to pleasant dreams.

如果我们的生前是尽责任的，是无愧的，我们就会安坦的走近我们的坟墓，我们的灵魂里不会有惭愧或悔恨的齿痕。人生自生至死，如勃兰恩德的比喻，真是大队的旅客在不尽的沙漠中进行，只要良心有个安顿，到夜里你卧倒在帐幕里也就不怕噩梦来缠绕。

我的祖母，在那旧式的环境里，到我们家来五十九年，真像是做了长期的苦工，她何尝有一日的安闲，不必说子女的嫁娶，就是一家的柴米油盐，扫地抹桌子，哪一件事不在八十岁老人早晚的心上！我的伯父快近六十岁了，但他的起居饮食，还差不多完全是祖母经管的，初出世的曾孙如其有些身热咳嗽，老太太晚上就睡不安稳；她爱我宠我的深情，更不是文学所能描写；她那深厚的慈荫，真是无所不包，无所不蔽。但她的身心即使劳碌了一生，她的报酬却在灵魂的无上平安；她的安慰就在她的儿女孙曾，只要我们能够步到她的前列，各尽天定的责任，她在冥冥中也就永远的微笑了。

十一月二十四日

阅读心得

　　文章贵以真情动人，徐志摩这一篇《我的祖母之死》即如此。文章开头借华翁的诗歌引出了沉重的"死亡"话题，指出了在天真的儿童眼中，死亡是如此遥不可及。

　　接着，作者由儿童的死亡观过渡到自己的经历，得出了"百无一用是书生"的结论，认为人世间丰富多彩的经历远远比书本中的文字更能打动人心，进而提到了自己经历的几次死亡——从祖父死亡到祖母死亡。

　　在记叙自己奔丧的经历时，作者按照时间顺序描写了自己从接到消息到回家的全部经过，字里行间的担忧、焦急、悲痛令人感同身受，实为感人。在记叙祖母之死时，作者采用了倒叙的方式简单陈述了祖母对家庭的贡献，赞扬了祖母勤劳、慈爱的特点。

　　值得注意的是，文章真情与理智并重，在表达自己感情的同时，作者谈论了自己的生死观，表示人类对待死亡的态度大可不必如此惊慌，付出真情、祈愿美好即可。

　　文章情与理兼备，但情之深刻，足以令读者动容。

写作借鉴

　　本篇散文并没有太多华丽的写作手法，而是选择采用平铺直叙的方式来抒发自己的感情。虽然如此，文章依然凭借真情打动了读者，可见，写作不一定要华丽的辞藻和过分的渲染，只需用我手写我心，就可以打动自己，打动读者。

　　文章叙述方式多样，结构灵活，顺叙与倒叙结合，抒情与讲理并重，既使文章结构清晰，又让叙事跌宕起伏，是一篇极佳的抒情散文。

自　剖

　　自我剖析和反省是一件很困难的事情，但也是我们不断进步的必经之路。这一次，徐志摩对自己近来的状态进行了反思，并对造成这种状态的原因——进行分析，最终找到自己糟糕状态的根源。

　　我是个好动的人：每回我身体行动的时候，我的思想也仿佛就跟着跳荡。我做的诗，不论它们是怎样的"无聊"，有不少是在行旅期中想起的。我爱动，爱看动的事物，爱活泼的人，爱水，爱空中的飞鸟，爱车窗外掣过的田野山水。星光的闪动，草叶上露珠的颤动，花须在微风中的摇动，雷雨时云空的变动，大海中波涛的汹涌，都是在在触动我感兴的情景。是动，不论是什么性质，就是我的兴趣，我的灵感。是动就会催快我的呼吸，加添我的生命。

　　近来却大大的变样了。第一我自身的肢体，已不如原先灵活；我的心也同样的感受了不知是年岁还是什么拘絷。动的现象再不能给我欢喜，给我启示。先前我看着在阳光中闪烁的金波，就仿佛看见了神仙宫阙——什么荒诞美丽的幻觉，不在我的脑中一闪闪的掠过；现在不同了，阳光只是阳光，流波只是流波，任凭景色怎样的灿烂，再也照不化我的呆木的心灵。我的思想，如其偶尔有，也只似岩石上的藤萝，贴着枯干的粗糙的石面，极困难的蜒着；颜色是苍黑的，姿态是倔强的。

我自己也不懂得何以这变迁来得这样的兀突，这样的深彻。原先我在人前自觉竟是一注的流泉，在在有飞沫，在在有闪光；现在这泉眼，如其还在，仿佛是叫一块石板不留余隙的给镇住了。我再没有先前那样蓬勃的情趣，每回我想说话的时候，就觉着那石块的重压，怎么也掀不动，怎么也推不开，结果只能自安沉默！"你再不用想什么了，你再没有什么可想的了"；"你再不用开口了，你再没有什么话可说的了"，我常觉得我沉闷的心府里有这样半嘲讽半吊唁的谆嘱。

说来我思想上或经验上也并不曾经受什么过分剧烈的戟刺。我处境是向来顺的，现在，如其有不同，只是更顺了的。那么为什么这变迁？远的不说，就比如我年前到欧洲去时的心境：啊！我那时还不是一只初长毛角的野鹿？什么颜色不激动我的视觉，什么香味不奋兴我的嗅觉？我记得我在意大利写游记的时候，情绪是何等的活泼，兴趣何等的醇厚，一路来眼见耳听心感的种种，哪一样不活栩栩的丛集在我的笔端，争求充分的表现！如今呢？我这次到南方去，来回也有一个多月的光景，这期内眼见耳听心感的事该有不少。我未动身前，又何尝不自喜此去又可以有机会饱餐西湖的风色，邓尉的梅香——单提一两件最合我脾胃的事。有好多朋友也曾期望我在这闲暇的假期中采集一点江南风趣，归来时，至少也该带回一两篇爽口的诗文，给在北京泥土的空气中活命的朋友们一些清醒的消遣。但在事实上不但在南中时我白瞪着大眼，看天亮换天昏，又闭上了眼，拼天昏换天亮，一枝秃笔跟着我涉海去，又跟着我涉海回来，正如岩洞里的一根石笋，压根儿就没一点摇动的消息；就在我回京后这十来天，任凭朋友们怎样的催促，自己良心怎样的责备，我的笔尖上还是滴不出一点墨沈来。我也曾勉强想想，勉强想写，但到底还是白费！可怕是这心灵骤然的呆顿。完全死了不成？我自己在疑惑。

　　说来是时局也许有关系。我到京几天就逢着空前的血案。五卅事件发生时我正在意大利山中，采茉莉花编花篮儿玩，翡冷翠山中只见明星与流萤的交唤，花香与山色的温存，俗氛是吹不到的。直到七月间到了伦敦，我才理会国内风光的惨淡，等得我赶回来时，设想中的激昂，又早变成了明日黄花，看得见的痕迹只有满城黄墙上墨彩斑斓的"泣告"！

　　这回却不同。屠杀的事实不仅是在我住的城子里发现，我有时竟觉得是我自己的灵府里的一个惨象。杀死的不仅是青年们的生命，我自己的思想也仿佛遭着了致命的打击，比是国务院前的断胫残肢，再也不能回复生动与连贯。但深刻的难受在我是无名的，是不能完全解释的。这回事变的奇惨性引起愤慨与悲切是一件事，但同时我们也知道在这根本起变态作用的社会里，什么怪诞的情形都是可能的。屠杀无辜，还不是年来最平常的现象。自从内战纠结以来，在受战祸的区域内，哪一处村落不曾分到过遭奸污的女性，屠残的骨肉，供牺牲的生命财产？这无非是给冤氛团结的地面上多添一团更集中更鲜艳的怨毒。再说哪一个民族的解放史能不浓浓的染着 Martyrs（烈士）的腔血？俄国革命的开幕就是二十年前冬宫的血景。只要我们有识力认定,有胆量实行,我们理想中的革命,这回羔羊的血就不会是白涂的。所以我个人的沉闷决不完全是这回惨案引起的感情作用。

爱和平是我的生性。在怨毒,猜忌,残杀的空气中,我的神经每每感受一种不可名状的压迫。记得前年奉直战争时我过的那日子简直是一团黑漆,每晚更深时,独自抱着脑壳伏在书桌上受罪,仿佛整个时代的沉闷盖在我的头顶——直到写下了《毒药》那几首不成形的咒诅诗以后,我心头的紧张才渐渐地缓和下去。这回又有同样的情形;只觉着烦,只觉着闷,感想来时只是破碎,笔头只是笨滞。结果身体也不舒畅,像是蜡油涂抹住了全身毛窍似的难过,一天过去了又是一天,我这里又在重演更深独坐箍紧脑壳的姿势,窗外皎洁的月光,分明是在嘲讽我内心的枯窘!

不,我还得往更深处按。我不能叫这时局来替我思想骤然的呆顿负责,我得往我自己生活的底里找去。

平常有几种原因可以影响我们的心灵活动。实际生活的牵掣可以劫去我们心灵所需要的闲暇,积成一种压迫。在某种热烈的想望不曾得满足时,我们感觉精神上的烦闷与焦躁,失望更是颠覆内心平衡的一个大原因;较剧烈的种类可以麻痹我们的灵智,淹没我们的理性。但这些都合不上我的病源;因为我在实际生活里已经得到十分的幸运,我的潜在意识里,我敢说不该有什么压着的欲望在作怪。

但是在实际上反过来看,另有一种情形可以阻塞或是减少你心灵的活动。我们知道舒服,健康,幸福,是人生的目标,我们因此推想我们痛苦的起点是在望见那些目标而得不到的时候。我们常听人说"假如我像某人那样生活无忧我一定可以好好的做事，不比现在整天的精神全化在琐碎的烦恼上"。我们又听说"我不能做事就为身体太坏，若是精神来得，那就……"我们又常常设想幸福的境界，我们想："只要有一个意中人在跟前那我一定奋发，什么事做不到？"但是不，在事实上，舒服，健康，幸福，不但不一定是帮助或奖励心灵生活的条件，它们有时正得相反的效果。我们看不起有钱人，在社会上得意人，肌肉过分发展的运动家，也正在此；至于年少人幻想中的美满幸福，我敢说等得当真有了红袖添香，你的书也就读不出所以然来，且不说什么在学问上或艺术上更认真的工作。

那么生活的满足是我的病源吗？

"在先前的日子，"一个真知我的朋友，就说，"正为是你生活不得平衡，正为你有欲望不得满足，你的压在内里的 Libido（性欲）就形成一种升华的现象，结果你就借文学来发泄你生理上的郁结（你不常说你从事文学是一件不预期的事吗？）；这情形又容易在你的意识里形成一种虚幻的希望，因为你的写作得到一部分赞许，你就自以为确有相当创作的天赋以及独立思想的能力。但你只是自冤自，实在你并没有什么超人一等的天赋，你的设想多半是虚荣，你的以前的成绩只是升华的结果。所以现在等得你生活换了样，感情上有了安顿，你就发现你向来写作的来源顿呈萎缩甚至枯竭的现象；而你又不愿意承认这情形的实在，妄想到你身子以外去找你思想枯窘的原因，所以你就不由的感到深刻的烦闷。你只是对你自己生气，不甘心承认你自己的本相。不,你原来并没有三头六臂的!

"你对文艺并没有真兴趣,对学问并没有真热心。你本来没有什么更高的志愿,除了相当合理的生活,你只配安分做一个平常人,享你命里注定的'幸福';在事业界,在文艺创作界,在学问界内,全没有你的位置,你真的没有那能耐。不信你只要自问在你心里的心里有没有那无形的'推力',整天整夜的恼着你,逼着你,督着你,放开实际生活的全部,单望着不可捉摸的创作境界里去冒险? 是的,顶明显的关键就是那无形的推力或是冲动(The Impulse),没有它人类就没有科学,没有文学,没有艺术,没有一切超越功利实用性质的创作。你知道在国外(国内当然也有,许没那样多)有多少人被这无形的推力驱使着,在实际生活中变成一种离魂病性质的变态动物,不但人间所有的虚荣永远沾不上他们的思想,就连维持生命的睡眠饮食,在他们都失了重要,他们全部的心力只是在他们那无形的推力所指示的特殊方向上集中应用。怪不得有人说天才是疯癫;我们在巴黎、伦敦不就到处碰得着这类怪人? 如其他是一个美术家,恼着他的就只怎样可以完全表现他那理想中的形体;一个线条的准确,某种色彩的调谐,在他会得比他生身父母的生死与国家的存亡更重要,更迫切,更要求注意。我们知道专门学者有终身掘坟墓的,研究蚊虫生理的,观察亿万万里外一个星的动定的。并且他们决不问社会对于他们的劳力有否任何的认识,那就是虚荣的进路;他们是被一点无形的推力的魔鬼蛊定了的。

"这是关于文艺创作的话。你自问有没有这种情形。你也许经验过什么'灵感',那也许有,但你却不要把刹那误认作永久的，虚幻认作真实。至于说思想与真实学问的话，那也得背后有一种推力，方向许不同，性质还是不变。做学问你得有原动的好奇心，得有天然热情的态度去做求知识的工夫。真思想家的准备，除了特强的理智，还得有一种原动的信仰；信仰或寻求信仰，是一切思想的出发点：极端的怀疑派思想也只是期望重新位置信仰的一种努力。从古来没有一个思想家不是宗教性的。在他们，各按各的倾向，一切人生的和理智的问题是实在有的；神的有无，善与恶，本体问题，认识问题，意志自由问题，在他们看来都是含逼迫性的现象，要求合理的解答——比山岭的崇高，水的流动，爱的甜蜜更真，更实在，更耸动。他们的一点心灵，就永远在他们设想的一种或多种问题的周围飞舞，旋绕，正如灯蛾之于火焰：牺牲自身来贯彻火焰中心的秘密，是他们共有的决心。

"这种惨烈的情形，你怕也没有吧？我不说你的心幕上就没有思想的影子；但它们怕只是虚影，像水面上的云影，云过影子就跟着消散，不是石上的溜痕越日久越深刻。

"这样说下来，你倒可以安心了！因为个人最大的悲剧是设想一个虚无的境界来谎骗你自己；骗不到底的时候你就得忍受'幻灭'的莫大的苦痛。与其那样，还不如及早认清自己的深浅，不要把不必要的负担，放上支撑不住的肩背，压坏你自己，还难免旁人的笑话！朋友，不要迷了，定下心来享你现成的福分吧；思想不是你的分，文艺创作不是你的分，独立的事业更不是你的分！天生扛了重担来的那也没法想。（哪一个天才不是活受罪！）你是原来轻松的，这是多可羡慕，多可贺喜的一个发现！算了吧，朋友！"

一九二六年三月二十五至四月一日作

阅读心得

　　文章开篇就表明了自己目前的糟糕状态——不爱动，而且心态也不像以前一样好了，对事物不再保持好奇的心情。接着作者顺理成章地开始自剖——是什么造成了目前的状态呢？作者先给出了两个看似可以给人的精神状态带来伤害的原因：时局动荡和生活富足。但从作者的分析里，我们可以得出这两点并不是作者状态糟糕的真实原因，行文至此，读者的好奇心被完全调动起来了，那么造成作者疲惫的原因到底是什么呢？

　　最后，作者点出了文章的中心所在，指出了自己创作枯竭的原因可能是因为自己并不是文学天才或者学问专家，但又强烈地要求自己做出文学家或者学者的功绩，巨大的落差让人陷入了苦闷，言及此，我们不难看出作者内心矛盾、痛苦的情愫。

写作借鉴

　　即便是抒发自己内心的苦闷，徐志摩也可以做到用优美的句子来描写，尤其是在描写自己现在与前几年状态对比的段落里，作者运用了大量的比喻、拟人来描述这种痛苦的感受，形象生动地将烦恼情绪传递出来，让读者感同身受，增强了文章的张力。

　　另外，徐志摩以"我为何变成了现在的模样"发问，接着以探索问题答案的姿态一步步抛出答案，又一个一个否定，最终得出了答案。这样的行文结构可以使文章脉络更清晰，也能更有效地牵动读者的内心。

再　剖

📖 名师导读····

　　自我剖析是需要勇气的，何况是两次剖析。这一次，徐志摩进一步反思了自己在事业上的不足。对他来说，文字就是最佳的抒情方式，当内心的所有烦恼全部吐露给读者之后，压力就可以借文字得到排遣。

　　你们知道喝醉了想吐吐不出或是吐不爽快的难受不是？这就是我现在的苦恼；肠胃里一阵阵的作恶，腥腻从食道里往上泛，但这喉关偏跟你别扭，它捏住你，逼住你，逗着你——不，它且不给你痛快哪！前天那篇《自剖》，就比是哇出来的几口苦水，过后只是更难受，更觉着往上冒。我告你我想要怎么样。我要孤寂：要一个静极了的地方——森林的中心，山洞里，牢狱的暗室里——再没有外界的影响来逼迫或引诱你的分心，再不须计较旁人的意见，喝彩或是嘲笑；当前唯一的对象是你自己：你的思想，你的感情，你的本性。那时它们再不会躲避，不会隐遁，不会装作；赤裸裸的听凭你察看，检验，审问。你可以放胆解去你最后的一缕遮盖，袒露你最自怜的创伤，最掩讳的私亵。那才是你痛快一吐的机会。

　　但我现在的生活情形不容我有那样一个时机。白天太忙（在人前一个人的灵性永远是缩在壳内的蜗牛），到夜间，比如此刻静是静了，人可又倦了，惦着明天的事情又不得不早些休息。啊，我真羡慕我台上放着那块唐砖上的佛像，他在他的莲台上瞑目坐着，什么都摇不动他那入定的圆澄。我们只是在烦恼网里过日子的众生，怎敢企望那光明无碍的境界！有鞭子下来，我们躲；见好吃的，我们垂涎；听声响，我们着忙；逢着痛痒，我们着恼。我们是鼠，是狗，是刺猬，是天上星星与地上泥土间爬着的虫。哪里有工夫，即使你有心想亲近你自己？哪里有机会，即使你想痛快的一吐？

前几天也不知无形中经过几度挣扎，才呕出那几口苦水，这在我虽则难受还是照旧，但多少总算是发泄。事后我私下觉着愧悔，因为我不该拿我一己苦闷的鱼鳔，强读者们陪着我吞咽。是苦水就不免薰蒸的恶味。我承认这完全是我自私的行为，不敢望恕的。我唯一的解嘲是这几口苦水的确是从我自己的肠胃里呕出——不是去脏水桶里舀来的。我不曾期望同情，我只要朋友们认识我的深浅——（我的浅？）我最怕朋友们的容宠容易形成一种虚拟的期望；我这操刀自剖的一个目的，就在及早解卸我本不该扛上的担负。

是的，我还得往底里挖，往更深处剖。

最初我来编辑副刊，我有一个愿心。我想把我自己整个儿交给能容纳我的读者们，我心目中的读者们，说实话，就只这时代的青年。我觉着只有青年们的心窝里有容我的空隙，我要偎着他们的热血，听他们的脉搏。我要在我自己的情感里发现他们的情感，在我自己的思想里反映他们的思想。假如编辑的意义只是选稿，配版，付印，拉稿，那还不如去做银行的伙计——

有出息得多。我接受编辑晨副的机会,就为这不单是机械性的一种任务。(感谢《晨报》主人的信任与容忍,)晨副变了我的喇叭,从这管口里我有自由吹弄我古怪的不调谐的音调,它是我的镜子,在这平面上描画出我古怪的不调谐的形状。我也决不掩讳我的原形:我就是我。记得我第一次与读者们相见,就是一篇供状。我的经过,我的深浅,我的偏见,我的希望,我都曾经再三的声明,怕是你们早听厌了。但初起我有一种期望是真的——期望我自己。也不知那时间为什么原因我竟有那活棱棱的一副勇气。我宣言我自己跳进了这现实的世界,存心想来对准人生的面目认他一个仔细。我信我自己的热心(不是知识)多少可以给我一些对敌力量的。我想拼这一天,把我的血肉与灵魂,放进这现实世界的磨盘里去捱,锯齿下去拉,——我就要尝那味儿! 只有这样,我想,才可以期望我主办的刊物多少是一个有生命气息的东西;才可以期望在作者与读者间发生一种活的关系;才可以期望读者们觉着这一长条报纸与黑的字印的背后,的确至少有一个活着的人与一个动着的心,他的把握是在你的腕上,他的呼吸吹在你的脸上,他的欢喜,他的惆怅,他的迷惑,他的伤悲,就比是你自己的,的确是从一个可认识的主体上发出来的变化——是站在台上人的姿态,——不是投射在白幕上的虚影。

并且我当初也并不是没有我的信念与理想。有我崇拜的德性,有我信仰的原则,有我爱护的事物,也有我痛疾的事物。往理性的方向走,往爱心与同情的方向走,往光明的方向走,往真的方向走,往健康快乐的方向走,往生命,更多更大更高的生命方向走——这是我那时的一点"赤子之心"。我恨的是这时代的病象，什么都是病象：猜忌，诡诈，小巧，倾轧，挑拨，残杀，互杀，自杀，忧愁，虚伪，肮脏。我不是医生，不会治病；我就有一双手，趁它们活灵的时候，我想，或许可以替这时代打开几扇窗，多少让空气流通些，浊的毒性的出去，清醒的洁净的进来。

但紧接着我的狂妄的招摇，我最敬畏的一个前辈（看了我的吊刘叔和文）就给我当头一棒：——

> ……既立意来办报而且郑重宣言"决意改变我对人的态度"，那么自己的思想就得先磨冶一番，不能单凭主觉，随便说了就算完事。迎上前去，不要又退了回来！一时的兴奋，是无用的，说话越觉得响亮起劲，跳踯有力，其实即是内心的虚弱，何况说出衰颓懊丧的语气，教一般青年看了，更给他们以可怕的影响，似乎不是志摩这番挺身出马的本意！……

迎上前去，不要又退了回来！这一喝这几个月来就没有一天不在我"虚弱的内心"里回响。实际上自从我喊出"迎上前去"以后，即使不曾撑开了往后退，至少我自己觉不得我的脚步曾经向前挪动。今天我再不能容我自己这梦梦的下去。算清亏欠，在还算得清的时候，总比窝着浑着强。我不能不自剖。冒着"说出衰颓懊丧的语气"的危险，我不能不利用这反省的锋刃，劈去纠着我心身的累赘，淤积，或许这来倒有自我真得解放的希望！

想来这做人真是奥妙，我信我们的生活至少是复性的。看得见，觉得着的生活是我们的显明的生活，但同时另有一种生活，跟着知识的开豁逐渐胚胎，成形，活动，最后支配前一种的生活，比是我们投在地上的身影，跟着光亮的增加渐渐由模糊化成清晰，形体是不可捉的，但它自有它的奥妙的存在。你动它跟着动，你不动它跟着不动。在实际生活的匆遽中，我们不易辨认另一种无形的生活的并存，正如我们在阴地里不见我们的影子；但到了某时候某境地忽的发现了它，不容否认的踵接着你的脚跟，比如你晚间步月时发现你自己的身影。它是你的性灵的或精神的生活。你觉到你有超实际生活的性灵生活的俄顷，是你一生的一个大关键！你许到极迟才觉悟（有人一辈子不得机会），但你实际生活中的经验，动作，思想，没有一丝一屑不同时在你那跟着长成的性灵生活中留着"对号的存根"，正如你的影子不放过你的一举一动，虽则你不注意到或看不见。

我这时候就比是一个人初次发现他有影子的情形。惊骇，讶异，迷惑，耸悚，猜疑，恍惚同时并起，在这辨认你自身另有一个存在的时候，我这辈子只是在生活的道上盲目的前冲，一时踹入一个泥潭；一时踏折一支草花，只是这无目的的奔驰；从哪里来，向哪里去，现在在哪里，该怎么走，这些根本的问题却从不曾到我的心上。但这时候突然的，恍然的我惊觉了。仿佛是一向跟着我形体奔波的影子忽然阻住了我的前路，责问我这匆匆的究竟是为什么！

一种新意识的诞生。这来我再不能盲冲，我至少得认明来踪与去迹，该怎样走法如其有目的地，该怎样准备如其前程还在遥远？

啊，我何尝愿意吞这果子，早知有这么多的麻烦！现在我第一要考查明白的是这"我"究竟是怎么一回事；然后再决定掉落在这生活道上的"我"的赶路方法。以前种种动作是没有这新意识作主宰的；此后，什么都得由它。

一九二六年四月五日

阅读心得

文章开头先说了自己目前的状态：心情极度烦闷，渴望有一个与世隔绝的角落容自己思考人生的方向。道出了这一普遍的人生矛盾后，作者将其中的缘由向读者缓缓道来。

原来造成作者心情烦闷的原因是对自己初心变化的反思。作者向读者说明，自己做编辑是为了传达自己的思想，但这一动机似乎被现实打磨得无影无踪。作者因此感到苦闷，并及时进行了反思，决意改变目前的状态。

两篇自我反省的文章看似是在向读者"吐苦水"，其实作者是想通过反思的形式为自己确立新的人生目标。文中偶然表现出来的消极情绪是当时作者的心情使然，并不能代表作者一生的追求与主张，这种情绪反而更让人觉得文章感情真挚。

写作借鉴

文章以真情感人是亘古不变的道理，本文具有明显的徐志摩风格，主要表现在文中大量的抒情语句采用了各种修辞手法，增强了文字的表现力和感染力。另外就是文中充斥着真实感人的真情，作者围绕烦恼情绪展开，并没有采用华丽辞藻描写这种恼人的情绪，而是将内心感受真实地再现，极大地增强了文章的感染力，这也是徐志摩散文一直受人喜爱的根本原因。

想　飞

名师导读····

　　飞翔在辽阔无际的天空是我们从小的梦想，但在作者眼中，飞翔其实并不难，每个孩子都有一双漂亮的翅膀，如果保护得好，那么即便他们长大了还可以随时自由自在地飞，但是如果没有保护好翅膀的话，可能……

　　假如这时候窗子外有雪——街上，城墙上，屋脊上，都是雪，胡同口一家屋檐下偎着一个戴黑兜帽的巡警，半拢着睡眼，看棉团似的雪花在半空中跳着玩……假如这夜是一个深极了的啊，不是壁上挂钟的时针指示给我们看的深夜，这深就比是一个山洞的深，一个往下钻螺旋形的山洞的深……

　　假如我能有这样一个深夜，它那无底的阴森捻起我遍体的毫管；再能有窗子外不住往下筛的雪，筛淡了远近间飚动的市谣；筛泯了在泥道上挣扎的车轮；筛灭了脑壳中不妥协的潜流……

　　我要那深，我要那静。那在树荫浓密处躲着的夜鹰，轻易不敢在天光还在照亮时出来睁眼。思想；它也得等。

　　青天里有一点子黑的。正冲着太阳耀眼，望不真，你把手遮着眼，对着那两株树缝里瞧，黑的，有榧子来大，不，有桃子来大——嘿，又移着往西了！

　　我们吃了中饭出来到海边去。(这是英国康槐尔极南的一角,三面是大西洋。)勃丽丽的叫响从我们的脚底下匀匀的往上颤,齐着腰,到了肩高,过了头顶,高入了云,高出了云。啊!你能不能把一种急震的乐音想象成一阵光明的细雨,从蓝天里冲着这平铺着青绿的地面不住的下?不,那雨点都是跳舞的小脚,安琪儿的。云雀们也吃过了饭,离开了它们卑微的地巢飞往高处做工去。上帝给它们的工作,替上帝做的工作。瞧着,这儿一只,那边又起了两!一起就冲着天顶飞,小翅膀动活的多快活,圆圆的,不踌躇的飞,——它们就认识青天。一起就开口唱,小嗓子动活的多快活,一颗颗小精圆珠子直往外唾,亮亮的唾,脆脆的唾,——它们赞美的是青天。瞧着,这飞得多高,有豆子大,有芝麻大,黑刺刺的一屑,直顶着无底的天顶细细的摇,——这全看不见了,影子都没了!但这光明的细雨还是不住的下着……

　　飞。"其翼若垂天之云……背负苍天,而莫之夭阏者";那不容易见着。我们镇上东关厢外有一座黄泥山,山顶上有一座七层的塔,塔尖顶着天。塔院里常常打钟,钟声响动时,那在太阳西晒的时候多,一枝艳艳的大红花贴在西山的鬓边回照着塔山上的云彩,——钟声响动时,绕著塔顶尖,摩着塔顶天,穿著塔顶云,有一只两只有时三只四只有时五只六只蜷着爪往地面瞧的"饿老鹰",撑开了它们灰苍苍的大翅膀没挂恋似的在盘旋,在半空中浮着,在晚风中泅着,仿佛是按着塔院钟的波荡来练习圆舞似的。那是我做孩子时的"大鹏"。有时好天抬头不见一瓣云的时候听着虥忧忧的叫响,我们就知道那是宝塔上的饿老鹰寻食吃来了，这一想象半天里秃顶圆睛的英雄，我们背上的小翅膀骨上就仿佛毵出了一铿铿铁刷似的羽毛，摇起来呼呼响的，只一摆就冲出了书房门，钻入了玳瑁镶边的白云里玩儿去，谁耐烦站在先生书桌前晃着身子背早上上的多难背的书！啊，飞！不是那在树枝上矮矮的跳着的麻雀儿的飞；不是那凑天黑从堂屉后背冲出来赶蚊子吃的蝙蝠的飞；也不是那软尾巴软嗓子做窠在堂檐上的燕子的飞。要飞就得满天飞，风拦不住云挡不住的飞，一翅膀就跳过一座山头，影子下来遮得阴二十亩稻田的飞，到天晚飞倦了就来绕着那塔顶尖顺着风向打圆圈做梦……听说饿老鹰会抓小鸡！

飞。人们原来都是会飞的。天使们有翅膀，会飞，我们初来时也有翅膀，会飞。我们最初来就是飞了来的，有的做完了事还是飞了去，他们是可羡慕的。但大多数人是忘了飞的，有的翅膀上掉了毛不长再也飞不起来，有的翅膀叫胶水给胶住了，再也拉不开，有的羽毛叫人给修短了像鸽子似的只会在地上跳，有的拿背上一对翅膀上当铺去典钱使过了期再也赎不回……真的，我们一过了做孩子的日子就掉了飞的本领。但没了翅膀或是翅膀坏了不能用是一件可怕的事。因为你再也飞不回去，你蹲在地上呆望着飞不上去的天，看旁人有福气的一程一程的在青云里逍遥，那多可怜。而且翅膀又不比是你脚上的鞋，穿烂了可以再问妈要一双去，翅膀可不成，折了一根毛就是一根，没法给补的。还有，单顾着你翅膀也还不定规到时候能飞，你这身子要是不谨慎养太肥了，翅膀力量小再也拖不起，也是一样难不是？一对小翅膀驮不起一个胖肚子，那情形多可笑！到时候你听人家高声的招呼说，朋友，回去吧，趁这天还有紫色的光，你听他们的翅膀在半空中沙沙的摇响，朵朵的春云跳过来拥着他们的肩背，望着最光明的来处翩翩的，冉冉的，轻烟似的化出了你的视域，像云雀似的只留下一泻光明的骤雨——"Thou art unseen, but yet I hear thy shrill delight"——那你，独自在泥涂里淹着，够多难受，够多懊恼，够多寒伧！趁早留神你的翅膀，朋友。

是人没有不想飞的。老是在这地面上爬着够多厌烦，不说别的。飞出这圈子，飞出这圈子！到云端里去，到云端里去！哪个心里不成天千百遍的这么想？飞上天空去浮着，看地球这弹丸在太空里滚着，从陆地看到海，从海再看回陆地。凌空去看一个明白——这才是做人的趣味，做人的权威，做人的交代。这皮囊要是太重挪不动，就掷了它，可能的话，飞出这圈子，飞出这圈子！

人类初发明用石器的时候，已经想长翅膀。想飞。原人洞壁上画的四不像，它的背上搠着翅膀；拿着弓箭赶野兽的，他那肩背上也给安了翅膀。小爱神是有一对粉嫩的肉翅的。挨开拉斯（Icarus）是人类飞行史里第一个英雄，第一次牺牲。安琪儿（那是理想化的人）第一个标记是帮助他们飞行的翅膀。那也有沿革——你看西洋画上的表现。最初像是一对小精致的令旗，蝴蝶似的粘在安琪儿们的背上，像真的，不灵动的。渐渐的翅膀长大了，地位安准了，毛羽丰满了。画图上的天使们长上了真的可能的翅膀。人类初次实现了翅膀的观念，彻悟了飞行的意义。挨开拉斯闪不死的灵魂，回来投生又投生。人类最大的使命,是制造翅膀;最大的成功是飞!理想的极度,想象的止境,从人到神!诗是翅膀上出世的;哲理是在空中盘旋的。飞:超脱一切,笼盖一切,扫荡一切,吞吐一切。

你上那边山峰顶上试去,要是度不到这边山峰上,你就得到这万丈的深渊里去找你的葬身地!"这人形的鸟会有一天试他第一次的飞行,给这世界惊骇,使所有的著作赞美,给他所从来的栖息处永久的光荣。"啊达文謇!

但是飞?自从挨开拉斯以来,人类的工作是制造翅膀,还是束缚翅膀?这翅膀,承上了文明的重量,还能飞吗?都是飞了来的,还都能飞了回去吗?钳住了,烙住了,压住了,——这人形的鸟会有试他第一次飞行的一天吗?……

同时天上那一点子黑的已经迫近在我的头顶,形成了一架鸟形的机器,忽的机沿一侧,一球光直往下注,硼的一声炸响,——炸碎了我在飞行中的幻想,青天里平添了几堆破碎的浮云。

一九二六年四月十四日至十六日作

阅读心得

文章构思奇巧,以小见大,从人人都"想飞"的小事情出发,进而联系到成人失去孩童时期纯真之后的悲哀,同时隐晦地传达出了作者对战争的抗拒心理。

写作借鉴

文章引用了大量的典故和西方神话故事,增加了文章的内涵。

第四编

我所知道的康桥

我所知道的康桥

名师导读...

康桥对徐志摩来说,绝不仅仅是一个求学的殿堂,在这里,他找到了自由的生活,找到了生命最舒适的状态,也找到了自己,于是,诗人打算拿起笔来给读者展示他的康桥究竟是什么样子的。

一

【开门见山】
直接向读者展示了文章的主题:求学过程中倾注的浓烈感情。

【正面描写】
作者得到罗素已经去世的假消息时的表现体现了作者对罗素的尊敬。

我这一生的周折,大都寻得出感情的线索。不论别的,单说求学。我到英国是为要从罗素。罗素来中国时,我已经在美国。他那不确的死耗传到的时候,我真的出眼泪不够,还做悼诗来了。他没有死,我自然高兴。我摆脱了哥伦比亚大博士衔的引诱,买船票过大西洋,想跟这位二十世纪的福禄泰尔(今译"伏尔泰")认真念一点书去。谁知一到英国才知道事情变样了:一为他在战时主张和平,二为他离婚,罗素叫康桥给除名了,他原来是 Trinity College(剑桥大学的三一学院,旧译三清学院)的 Fellow(院务委员),这来他的 Fellowship(院务委员资格)也给取消了。他回英国后就在伦敦住下,夫妻两人卖文章过日子。因此我也不曾遂我从学的始愿。我在伦敦政治经济学院里混了半年,正感着闷想换路走的时候,我认识了狄更生先生。狄更生(Galsworthy Lowes Dickinson)是一个有名的作者,他的《一个中国人通信》(Letters From John Chinaman)与《一个现代聚餐谈话》(A Modern Symposium)两本小册子早得了我的景仰。我第一次会著他是在伦敦国际联盟协会席上,那天林宗孟先生演说,他做主席;第二次是宗孟寓里吃茶,有他。以后我常到他家里去。他看出我的烦闷,劝我到康桥去,他自己是王家学院(Kings College)的Fellow。我就写信去问两个学院,回信都说学额早满了,随后还是狄更生先生替我去在他的学院里说好了,给我一个特别生的资格,随意选科听讲。从此黑方巾黑披袍的风光也被我占着了。初起我在离康桥六英里的乡下叫沙士顿地方租了几间小屋住下,同居的有我从前的夫人张幼仪女士与郭虞裳君。每天一早我坐街车(有时骑自行车)上学,到晚回家。这样的生活过了一个春,但我在康桥还只是个陌生人,谁都不认识,康桥的生活,可以说完全不曾尝着,我知道的只是一个图书馆,几个课室,和三两个吃便宜饭的茶食铺子。狄更生常在伦敦或是大陆上,所以也不常见他。那年的秋季我一个人回到康桥,

【详略得当】
　作者并没有浪费大量笔墨来写狄更生与自己的交情,而是单独拿出了他介绍自己去康桥读书一事,内容详略得当,安排合理。

【顺叙】
　作者已经如愿进入了康桥,为后文介绍康桥景色埋下伏笔。

【设置悬念】

为什么一个人在康桥的时候能够发现它的美呢？康桥究竟美在何处呢？

【排比】

通过列举交朋友、与自己独处、看风景三件事，突出了"独处"的重要。

【正面描写】

作者在描写康桥时的小心翼翼正表示了自己对康桥的热爱。

【承上启下】

自然过渡到了对康桥回忆的描写，同时明确指出了描写的两方面：康桥的景色和生活，为下文做了铺垫。

整整有一学年，那时我才有机会接近真正的康桥生活，同时我也慢慢的"发现"了康桥。我不曾知道过更大的愉快。

二

"单独"是一个耐寻味的现象。我有时想它是任何发现的第一个条件。你要发现你的朋友的"真"，你得有与他单独的机会，你要发现你自己的真，你得给你自己一个单独的机会。你要发现一个地方（地方一样有灵性），你也得有单独玩的机会。我们这一辈子，认真说，能认识几个人？能认识几个地方？我们都是太匆忙，太没有单独的机会。说实话，我连我的本乡都没有什么了解。康桥我要算是有相当交情的，再次许只有新认识的翡冷翠了。啊，那些清晨，那些黄昏，我一个人发痴似的在康桥！绝对的单独。

但一个人要写他最心爱的对象，不论是人是地，是多么使他为难的一个工作？你怕，你怕描坏了它，你怕说过分了恼了它，你怕说太谨慎辜负了它。我现在想写康桥，也正是这样的心理，我不曾写，我就知道这回是写不好的——况且又是临时逼出来的事情。但我却不能不写，上期预告已经出去了。我想勉强分两节写，一是我所知道的康桥的天然景色，一是我所知道的康桥的学生生活。

我今晚只能极简的写些,等以后有兴会时再补。

三

康桥的灵性全在一条河上;康河,我敢说是全世界最秀丽的一条水。河的名字是葛兰大(Granta),也有叫康河(River Cam)的,许有上下流的区别,我不甚清楚。河身多的是曲折,上游是有名的拜伦潭("Byron's Pool")当年拜伦常在那里玩的;有一个老村子叫格兰骞斯德,有一个果子园,你可以躺在累累的桃李树荫下吃茶,花果会掉入你的茶杯,小雀子会到你桌上来啄食,那真是别有一番天地。这是上游;下游是从骞斯德顿下去,河面展开,那是春夏间竞舟的场所。上下河分界处有一个坝筑,水流急得很,在星光下听水声,听近村晚钟声,听河畔倦牛刍草声,是我康桥经验中最神秘的一种:大自然的优美、宁静,调谐在这星光与波光的默契中不期然的淹入了你的性灵。

但康河的精华是在它的中权,著名的"Backs"(后院),这两岸是几个最蜚声的学院的建筑。从上面下来是 Pembroke, St.Katharine's, King's, Clare, Trinity, St.John's。最令人留连的一节是克莱亚与王家学院的毗连处,克莱亚的秀丽紧邻着王家教堂(King's Chapel)的闳伟。别的地方尽有更美更庄严的建筑,例如巴黎赛因河的罗浮宫一带,威

【正面描写】
这里徐志摩直言自己对康桥的喜爱之情。

【场面描写】
简单的几笔就将康桥下游美妙的景色描绘了出来。

【对比】
将康桥中游的美景和世界其他地方的名胜对比,突出了康桥美景的独特,表达了作者对康桥美景的爱。

尼斯的利阿尔多大桥的两岸,翡冷翠维基乌大桥的周遭;但康桥的"Backs"自有它的特长,这不容易用一二个状词来概括,它那脱尽尘埃气的一种清澈秀逸的意境可说是超出了画图而化生了音乐的神味,再没有比这一群建筑更调谐更匀称的了!论画,可比的也许只有柯罗(Corot)的田野;论音乐,可比的也许只有萧班(Chopin)的夜曲。就这也不能给你依稀的印象,它给你的美感简直是神灵性的一种。

假如你站在王家学院桥边的那棵大椈树荫下眺望,右侧面,隔着一大方浅草坪,是我们的校友居(Fellows Building),那年代并不早,但它的妩媚也是不可掩的,它那苍白的石壁上春夏间满缀着艳色的蔷薇在和风中摇头,更移左是那教堂,森林似的尖阁不可浼的永远直指着天空;更左是克莱亚,阿!那不可信的玲珑的方庭,谁说这不是圣克莱亚(St.Clare)的化身,那一块石上不闪耀着她当年圣洁的精神?在克莱亚后背隐约可辨的是康桥最潢贵最骄纵的三清学院(Trinity),它那临河的图书楼上坐镇着拜伦神采惊人的雕像。

但这时你的注意早已叫克莱亚的三环洞桥魔术似的摄住。你见过西湖白堤上的西泠断桥不是?(可怜它们早已叫代表近代丑恶精神的汽车公司给踩平了,现在它们跟着苍凉的雷峰永远

【比较】

将康桥一尘不染的美景与名人的画作和乐曲对比,突出了康桥景色在作者心中无上的地位。

【反问】

一重反问其实表示的是肯定,这里就是借用反问的句式突出并强调了康桥的美丽圣洁。

【夸张】

将被三环洞桥美景迷住说成被魔术摄住,显然是夸张,但形象地说明了三环桥洞的美。

辞别了人间。)你忘不了那桥上斑驳的苍苔,木栅的古色,与那桥拱下泄露的湖光与山色不是?克莱亚并没有那样体面的衬托,它也不比庐山栖贤寺旁的观音桥,上瞰五老的奇峰,下临深潭与飞瀑;它只是怯怜怜的一座三环洞的小桥,它那桥洞间也只掩映着细纹的波鳞与婆娑的树影,它那桥上栉比的小穿阑与阑节顶上双双的白石球,也只是村姑子头上不夸张的香草与野花一类的装饰;但你凝神的看着,更凝神的看着,你再反省你的心境,看还有一丝屑的俗念沾滞不?只要你审美的本能不曾泯灭时,这是你的机会实现纯粹美感的神奇!

但你还得选你赏鉴的时辰。英国的天时与气候是走极端的。冬天是荒谬的坏,逢著连绵的雾盲天你一定不迟疑的甘愿进地狱本身去试试;春天(英国是几乎没有夏天的)是更荒谬的可爱,尤其是它那四五月间最渐缓最艳丽的黄昏,那才真是寸寸黄金。在康河边上过一个黄昏是一服灵魂的补剂。啊!我那时蜜甜的单独,那时蜜甜的闲暇。一晚又一晚的,只见我出神似的倚在桥阑上向西天凝望:——

> 看一回凝静的桥影,
>
> 数一数螺细的波纹,

【比喻】
将在康河边休息比作灵魂的补剂,强调了此处景色可以净化人的灵魂。

【感觉描写】

在作者眼中，康桥的一切都充满了灵性，他与青苔之间的互动充满了生趣和诗情画意。

我倚暖了石阑的青苔，

青苔凉透了我的心坎；……

还有几句更笨重的怎能仿佛那游丝似

轻妙的情景：

难忘七月的黄昏，远树凝寂，

像墨泼的山形，衬出轻柔暝色，

密稠稠，七分鹅黄，三分橘绿，

那妙意只可去秋梦边缘捕捉；……

四

这河身的两岸都是四季常青最葱翠的草坪。从校友居的楼上望去，对岸草场上，不论早晚，永远有十数匹黄牛与白马，胫蹄没在恣蔓的草丛中，从容的在咬嚼，星星的黄花在风中动荡，应和着它们尾鬃的扫拂。桥的两端有斜倚的垂柳与椈荫护住。水是澈底的清澄，深不足四尺，匀匀的长着长条的水草。这岸边的草坪又是我的爱宠，在清朝，在傍晚，我常去这天然的织锦上坐地，有时读书，有时看水；有时仰卧着看天空的行云，有时反仆着搂抱大地的温软。

【场面描写】

作者寥寥几笔就勾勒出了草场上生物自由自在的状态，令人无限神往。

【细节描写】

此处重点介绍了最后一种船的具体细节，真实还原了康桥生活，让人感到真实自然。

但河上的风流还不止两岸的秀丽。你得买船去玩。船不止一种：有普通的双桨划船，有轻快的薄皮舟（Canoe），有最别致的长形撑篙船（Punt）。最末的一种是别处不常有的：约莫有二丈长，三尺宽，你站直在船梢上用长竿撑着走的。这撑是一种技术。我手脚太蠢，始终不曾学会。你初起手尝试时，容易把船身横住在河中，东颠西撞的狼狈。英国人是不轻易开口笑人的，但是小心他们不出声的皱眉！也不知有多少次河中本来悠闲的秩序叫我这莽撞的外行给捣乱了。我真的始终不曾学会；每回我不服输跑去租船再试的时候，有一个白胡子的船家往往带讥讽的对我说："先生，这撑船费劲，天热累人，还是拿个薄皮舟溜溜吧！"我哪里肯听话，长篙子一点就把船撑了开去，结果还是把河身一段段的腰斩了去！

你站在桥上去看人家撑，那多不费劲，多美！尤其在礼拜天有几个专家的女郎，穿一身缟素衣服，裙裾在风前悠悠的飘着，戴一顶宽边的薄纱帽，帽影在水草间颤动，你看她们出桥洞时的姿态，捻起一根竟像没分量的长竿，只轻轻的，不经心的往波心里一点，身子微微的一蹲，这船身便波的转出了桥影，翠条鱼似的向前滑了去。她们那敏捷，那闲暇，那轻盈，真是值得歌咏的。

在初夏阳光渐暖时你去买一支小船，划去桥边荫下躺着念你的书或是做你的梦，槐花香在水面上飘浮，鱼群的唼喋声在你的耳边挑逗。或是在初秋的黄昏，近着新月的寒光，望上流僻静处远去。爱热闹的少年们携着他们的女友，在船沿

【动作描写】
展示了年少时徐志摩的倔强，同时也让回忆充满了人情味。

【形象描写】
作者描写了撑船少女的姿态，突出了她们的优雅姿势和娴熟技艺。

【拟人】
鱼群产生了人的行为——"挑逗"，说明在作者心中，康桥的生物是充满灵性的。

上支着双双的东洋彩纸灯，带着话匣子，船心里用软垫铺着，也开向无人迹处去享他们的野福——谁不爱听那水底翻的音乐在静定的河上描写梦意与春光！

住惯城市的人不易知道季候的变迁。看见叶子掉知道是秋，看见叶子绿知道是春；天冷了装炉子，天热了拆炉子；脱下棉袍，换上夹袍，脱下夹袍，穿上单袍；不过如此罢了。天上星斗的消息，地下泥土里的消息，空中风吹的消息，都不关我们的事。忙着哪，这样那样事情多着，谁耐烦管星星的移转，花草的消长，风云的变幻？同时我们抱怨我们的生活，苦痛，烦闷，拘束，枯燥，谁肯承认做人是快乐？谁不多少间咒诅人生？

但不满意的生活大都是由于自取的。我是一个生命的信仰者，我信生活决不是我们大多数人仅仅从自身经验推得的那样暗惨。我们的病根是在"忘本"。人是自然的产儿，就比枝头的花与鸟是自然的产儿；但我们不幸是文明人，入世深似一天，离自然远似一天。离开了泥土的花草，离开了水的鱼，能快活吗？能生存吗？从大自然，我们取得我们的生命；从大自然，我们应分取得我们继续的滋养。哪一株婆婆的大木没有盘错的根柢深入在无尽藏的地里？我们是永远不能独立的。有幸福是永远不离母亲抚育的孩子，有

【比喻】

通过花、鸟和自然的关系形象生动地说明了人与自然亲近的关系，同时表达了作者对大自然的喜爱与依赖。

【反问】

再次强调了人与自然之间不可分割的紧密关系，表达了作者所追求的人与自然和谐共处的观念。

健康是永远接近自然的人们。不必一定与鹿豕游,不必一定回"洞府"去;为医治我们当前生活的枯窘,只要"不完全遗忘自然"一张轻淡的药方我们的病象就有缓和的希望。在青草里打几个滚,到海水里洗几次浴,到高处去看几次朝霞与晚照——你肩背上的负担就会轻松了去的。

这是极肤浅的道理,当然。但我要没有过过康桥的日子,我就不会有这样的自信。我这一辈子就只那一春,说也可怜,算是不曾虚度。就只那一春,我的生活是自然的,是真愉快的!(虽则碰巧那也是我最感受人生痛苦的时期。)我那时有的是闲暇,有的是自由,有的是绝对单独的机会。说也奇怪,竟像是第一次,我辨认了星月的光明,草的青,花的香,流水的殷勤。我能忘记那初春的睥睨吗?曾经有多少个清晨我独自冒着冷去薄霜铺地的林子里闲步——为听鸟语,为盼朝阳,为寻泥土里渐次苏醒的花草,为体会最细微最神妙的春信。阿,那是新来的画眉在那边凋不尽的青枝上试它的新声!阿,这是第一朵小雪球花挣出了半冻的地面!阿,这不是新来的潮润沾上了寂寞的柳条?

静极了,这朝来水溶溶的大道,只远处牛奶车的铃声,点缀这周遭的沉默。顺着这大道走去,走到尽头,再转入林子里的小径,往烟雾浓密处

【反问】
　作者并不能忘记康河美丽的春天,此处反问不是疑问,而是一种强调。

【排比】
　作者选择了几个具有代表性的春天景物,强调了自己探索春天踪迹的惊喜之情。

【比喻】

　　将平原地形比作了海里的轻波，显得生动形象，极具画面感。

【比喻】

　　将树林与村舍比作了大地的棋子，生动有趣，同时一笔勾勒出了村舍与树荫之间的关系，具有画面感。

【排比】

　　作者连续列举了炊烟的形状、重量和颜色，生动地展示了炊烟的具体形态。

走去，头顶是交枝的榆荫，透露着漠楞楞的曙色；再往前走去，走尽这林子，当前是平坦的原野，望见了村舍，初青的麦田，更远三两个馒形的小山掩住了一条通道。天边是雾茫茫的，尖尖的黑影是近村的教寺。听，那晓钟和缓的清音。这一带是此邦中部的平原，地形像是海里的轻波，黑沉沉的起伏；山岭是望不见的，有的是常青的草原与沃腴的田壤。登那土阜上望去，康桥只是一带茂林，拥戴着几处娉婷的尖阁。妩媚的康河也望不见踪迹，你只能循着那锦带似的林木想象那一流清浅。村舍与树林是这地盘上的棋子，有村舍处有佳荫，有佳荫处有村舍。这早起是看炊烟的时辰：朝雾渐渐的升起，揭开了这灰苍苍的天幕，（最好是微霡后的光景）远近的炊烟，成丝的，成缕的，成卷的，轻快的，迟重的，浓灰的，淡青的，惨白的，在静定的朝气里渐渐的上腾，渐渐的不见，仿佛是朝来人们的祈祷，参差的翳入了天厅。朝阳是难得见的，这初春的天气。但它来时是起早人莫大的愉快。顷刻间这田野添深了颜色，一层轻纱似的金粉糁上了这草，这树，这通道，这庄舍。顷刻间这周遭弥漫了清晨富丽的温柔。顷刻间你的心怀也分润了白天诞生的光荣。"春"！这胜利的晴空仿佛在你的耳边私语。"春"！你那快活的灵魂也仿佛在那里回响。

伺候着河上的风光，这春来一天有一天的消息。关心石上的苔痕，关心败草里的花鲜，关心这水流的缓急，关心水草的滋长，关心天上的云霞，关心新来的鸟语。怯怜怜的小雪球是探春信的小使。铃兰与香草是欢喜的初声。窈窕的莲馨，玲珑的石水仙，爱热闹的克罗克斯，耐辛苦的蒲公英与雏菊——这时候春光已是缦烂在人间，更不须殷勤问讯。

瑰丽的春放。这是你野游的时期。可爱的路政，这里不比中国，哪一处不是坦荡荡的大道？徒步是一个愉快，但骑自转车是一个更大的愉快。在康桥骑车是普遍的技术；妇人，稚子，老翁，一致享受这双轮舞的快乐。（在康桥听说自转车是不怕人偷的，就为人人都自己有车，没人要偷。）任你选一个方向，任你上一条通道，顺着这带草味的和风，放轮远去，保管你这半天的逍遥是你性灵的补剂。这道上有的是清荫与美草，随地都可以供你休憩。你如爱花，这里多的是锦绣似的草原。你如爱鸟，这里多的是巧啭的鸣禽。你如爱儿童，这乡间到处是可亲的稚子。你如爱人情，这里多的是不嫌远客的乡人，你到处可以"挂单"借宿，有酪浆与嫩薯供你饱餐，有夺目的果鲜恣你尝新。你如爱酒，这乡间每"望"都为你储有上好的新酿，黑啤如太浓，苹果酒、姜酒都是供你解

【反问】
强调了与中国的道路相比，康桥地广人稀，因而道路也显得更加宽广。

【排比】
康桥有花，有鸟，有孩子，有人情味，作者一一列举，并向读者发出邀请，实则是在表达自己对康桥的喜爱之情。

渴润肺的。……带一卷书，走十里路，选一块清静地，看天，听鸟，读书，倦了时，和身在草绵绵处寻梦去——你能想象更适情更适性的消遣吗？

【引用】

此处作者直接引用了陆游的诗句，使文章变得具有诗情画意，增加了文章的文化底蕴和历史内涵。

陆放翁有一联诗句："传呼快马迎新月，却上轻舆趁晚凉"；这是做地方官的风流。我在康桥时虽没马骑，没轿子坐，却也有我的风流：我常常在夕阳西晒时骑了车迎着天边扁大的日头直追。日头是追不到的，我没有夸父的荒诞，但晚景的温存却被我这样偷尝了不少。有三两幅画图似的经验至今还是栩栩的留着。只说看夕阳，我们平常只知道登山或是临海，但实际只须辽阔的天际，平地上的晚霞有时也是一样的神奇。有一次我赶到一个地方，手把着一家村庄的篱笆，隔着一大田的麦浪，看西天的变幻。有一次是正冲着一条宽广的大道，过来一大群羊，放草归来的，偌大的太阳在它们后背放射着万缕的金辉，天上却是乌青青的，只剩这不可逼视的威光中的一条大路，一群生物！我心头顿时感着神异性的压迫，我真的跪下了，对着这冉冉渐翳的金光。再有一次是更不可忘的奇景，那是临着一大片望不到头的草原，满开着艳红的罂粟，在青草里亭亭的像

【比喻】

将鲜红的罂粟花比作了金色的灯，捕捉到了二者在颜色和形态上的相似性，显得生动形象，具有画面感。

是万盏的金灯，阳光从褐色云里斜着过来，幻成一种异样的紫色，透明似的不可逼视，刹那间在我迷眩了的视觉中，这草田变成了……不说也罢，

说来你们也是不信的!

一别二年多了,康桥,谁知我这思乡的隐忧?也不想别的,我只要那晚钟撼动的黄昏,没遮拦的田野,独自斜倚在软草里,看第一个大星在天边出现!

一九二六年一月十四日至一月二十三日作

【以景结情】

作者将在康桥生活的具体美景作为文章的结尾,以景结情,言有尽而意无穷。

阅读心得

本文介绍了作者来到康桥的原因,并重点向读者展示了康桥美丽的景色和作者在康桥的生活。通过徐志摩饱含深情的笔墨,我们了解到康桥一年四季的美景和那里热情开朗的人们,不禁也想和作者一起去追逐康桥美丽的落日,一起在树荫下读书,一起撑着一叶扁舟,向青草更青处漫溯,在星辉斑斓里放歌。

作者用他诗意的描写,将心中最珍贵的康桥呈现在了读者面前,让读者走进美丽的康桥,与他一起享受难得的康桥独处时光。

写作借鉴

对最珍贵的康桥,徐志摩从不会吝啬自己的笔墨。文章中,他不仅通过多种场面描写、细节描写展示了康桥优美的自然风光,还通过不停地反问和疑问强调了自己对康桥生活的怀念与喜爱之情。读了此文,读者禁不住想要和作者一起回到日思夜想的康桥大学,留住笼罩着康桥的那抹落日暖阳。

文章之所以受到读者如此强烈的喜爱,究其根本,是字里行间透露着作者真挚的情感和真实生活的印记。

翡冷翠山居闲话

名师导读....

在翡冷翠山上居住的日子是令人感到快乐的,这里有美丽的景色和自然温暖的怀抱。但这些还不足以说明它的美,而徐志摩认为游览翡冷翠山最好不要携带书本和伴侣,究竟是什么样的景色让他如此决定呢?

在这里出门散步去,上山或是下山,在一个晴好的五月的向晚,正像是去赴一个美的宴会,比如去一果子园,那边每株树上都是满挂着诗情最秀逸的果实,假如你单是站着看还不满意时,只要你一伸手就可以采取,可以恣尝鲜味,足够你性灵的迷醉。阳光正好暖和,决不过暖;风息是温驯的,而且往往因为他是从繁花的山林里吹度过来他带来一股幽远的澹香,连着一息滋润的水气,摩挲着你的颜面,轻绕着你的肩腰,就这单纯的呼吸已是无穷的愉快;空气总是明净的,近谷内不生烟,远山上不起霭,那美秀风景的全部正像画片似的展露在你的眼前,供你闲暇的鉴赏。

作客山中的妙处,尤在你永不须踌躇你的服色与体态;你不妨摇曳着一头的蓬草,不妨纵容你满腮的苔藓;你爱穿什么就穿什么;扮一个牧童,扮一个渔翁,装一个农夫,装一个走江湖的桀卜闪(吉卜赛),装一个猎户;你再不必提心整理你的领结,你尽可以不用领结,给你的颈根与胸膛一半日的自由,你可以拿一条这边艳色的长巾包在你的头上,学一个太平军的头目,或是拜伦那埃及装的姿态;但最要紧的是穿上你最旧的旧鞋,别管他模样不佳,他们是顶可爱的好友,他们承着你的体重却不叫你记起你还有一双脚在你的底下。

这样的玩顶好是不要约伴,我竟想严格的取缔,只许你独身;因为有了伴多少总得叫你分心,尤其是年轻的女伴,那是最危险最专制不过的旅伴,你应得躲避她像你躲避青草里一条美丽的花蛇!平常我们从自己家里走到朋友的家里,或是我们执事的地方,那无非是在同一个大牢里从一间狱室移到另一间狱室去,拘束永远跟着我们,自由永远寻不到我们;但在这春夏间美秀的山中或乡间你要是有机会独身闲逛时,那才是你福星高照的时候,那才是你实际领受,亲口尝味,自由与自在的时候,那才是你肉体与灵魂行动一致的时候。朋友们,我们多长一岁年纪往往只是加重我们头上的枷,加紧我们脚胫上的链,我们见小孩子在草里在沙堆里在浅水里打滚作乐,或是看见小猫追他自己的尾巴,何尝没有羡慕的时候,但我们的枷,我们的链永远是制定我们行动的上司!所以只有你单身奔赴大自然的怀抱时,像一个裸体的小孩扑入他母亲的怀抱时,你才知道灵魂的愉快是怎样的,单是活着的快乐是怎样的,单就呼吸单就走道单就张眼看耸耳听的幸福是怎样的。因此你得严格的为己,极端的自私,只许你,体魄与性灵,与自然同在一个脉搏里跳动,同在一个音波里起伏,同在一个神奇的宇宙里自得。我们浑朴的天真是像含羞草似的娇柔,一经同伴的抵触,他就卷了起来,但在澄静的日光下，和风中，他的恣态是自然的，他的生活是无阻碍的。

你一个人漫游的时候，你就会在青草里坐地仰卧，甚至有时打滚，因为草的和暖的颜色自然的唤起你童稚的活泼；在静僻的道上你就会不自主的狂舞，看着你自己的身影幻出种种诡异的变相，因为道旁树木的阴影在他们迁徐的婆娑里暗示你舞蹈的快乐；你也会得信口的歌唱，偶尔记起断片的音调，与你自己随口的小曲，因为树林中的莺燕告诉你春光是应得赞美的；更不必说你的胸襟自然会跟着曼长的山径开拓，你的心地会看着澄蓝的天空静定，你的思想和著山壑间的水声，山罅里的泉响，有时一澄到底的清澈，有时激起成章的波动，流，流，流入凉爽的橄榄林中，流入妩媚的阿诺河去……

并且你不但不须应伴，每逢这样的游行，你也不必带书。书是理想的伴侣，但你应得带书，是在火车上，在你住处的客室里，不是在你独身漫步的时候。什么伟大的深沉的鼓舞的清明的优美的思想的根源不是可以在风籁中，云彩里，山势与地形的起伏里，花草的颜色与香息里寻得？自然是最伟大的一部书，葛德(歌德)说，在他每一页的字句里我们读得最深奥的消息。并且这书上的文字是人人懂得的；阿尔帕斯与五老峰，雪西里与普陀山，莱茵河与扬子江，梨梦湖与西子湖，建兰与琼花，杭州西溪的芦雪与威尼市夕照的红潮，百灵与夜莺，更不提一般黄的黄麦，一般紫的紫藤，一般青的青草同在大地上生长，同在和风中波动——他们应用的符号是永远一致的，他们的意义是永远明显的，只要你自己性灵上不长疮瘢，眼不盲，耳不塞，这无形迹的最高等教育便永远是你的名分，这不取费的最珍贵的补剂便永远供你的受用；只要你认识了这一部书，你在这世界上寂寞时便不寂寞，穷困时不穷困，苦恼时有安慰，挫折时有鼓励，软弱时有督责，迷失时有南针。

一九二五年六月作

阅读心得

本文介绍了徐志摩在翡冷翠山上居住时所见到的山中美景，他用了大量的笔墨描写翡冷翠山之景，足见他对此处美景由衷的喜爱之情。

作者在展示美景之余，提出了游览翡冷翠山的两点建议——不要带着书本，也不要带着旅伴。此处我们可以作两方面理解。

首先，这一观点无疑表达了作者对翡冷翠山美景的喜爱之情，这种喜爱已经到了不想让任何事物打扰的地步。

第二，徐志摩思想里重要的一面就是对自然美的推崇，他热爱自然，更喜欢独处，与康桥最美好的记忆就是独处康桥之际，翡冷翠山也如此。由此，我们可以窥见这位浪漫诗人享受孤独、崇尚自然的一面。

写作借鉴

文章短小精悍，但感情真挚，观点鲜明。作者通过描绘翡冷翠山的风景表达了自己对此处风景的喜爱之情，同时也通过写景传达了自己对观赏自然风景的观点，另外以小见大，以记录山居生活表达对自然理念的推崇。

值得强调的是，景色描写之处，本文也体现了徐志摩一贯的风格——多用各种修辞手法，使得景色充满诗情画意。

巴黎的鳞爪（节选）

📖 名师导读....

每个人都想到世界上最浪漫的城市——巴黎，浪漫主义诗人徐志摩自然也不例外，但若要问巴黎带给徐志摩什么感受，似乎难以用一两句话说明。对诗人徐志摩来说，巴黎让人魂牵梦绕到必须诉诸笔墨。

咳巴黎！到过巴黎的一定不会再稀罕天堂；尝过巴黎的，老实说，连地狱都不想去了。整个的巴黎就像是一床野鸭绒的垫褥，衬得你通体舒泰，硬骨头都给熏酥了的——有时许太热一些。那也不碍事，只要你受得住。赞美是多余的，正如赞美天堂是多余的；咒诅也是多余的，正如咒诅地狱是多余的。巴黎，软绵绵的巴黎，只在你临别的时候轻轻地嘱咐一声"别忘了，再来！"其实连这都是多余的。谁不想再去？谁忘得了？

香草在你的脚下，春风在你的脸上，微笑在你的周遭。不拘束你，不责备你，不督饬你，不窘你，不恼你，不揉你。它搂着你，可不缚住你：是一条温存的臂膀，不是根绳子。它不是不让你跑，但它那招逗的指尖却永远在你的记忆里晃着。多轻盈的步履，罗袜的丝光随时可以沾上你记忆的颜色！

但巴黎却不是单调的喜剧。赛因河的柔波里掩映着罗浮宫的倩影，它也收藏着不少失意人最后的呼吸。流着，温驯的水波;流着,缠绵的恩怨。咖啡馆:和着交颈的软语,开怀的笑响,有踞坐在屋隅里蓬头少年计较自毁的哀思。跳舞场:和着翻飞的乐调,迷醇的酒香,有独自支颐的少妇思量着往迹的怆心。浮动在上一层的许是光明,是欢畅,是快乐,是甜蜜,是和谐;但沉淀在底里阳光照不到的才是人事经验的本质:说重一点是悲哀,说轻一点是惆怅:谁不愿意永远在轻快的流波里漾着,可得留神了你往深处去时的发见!

一天,一个从巴黎来的朋友找我闲谈,谈起了劲,茶也没喝,烟也没吸,一直从黄昏谈到天亮,才各自上床去躺了一歇,我一合眼就回到了巴黎,方才朋友讲的情境惝怳的把我自己也缠了进去;这巴黎的梦真醇人,醇你的心,醇你的意志,醇你的四肢百体,那味儿除是亲尝过的谁能想象!——我醒过来时还是迷糊的忘了我在那儿,刚巧一个小朋友进房来站在我的床前笑吟吟喊我"你做什么梦来了,朋友,为什么两眼潮潮的像哭似的?"我伸手一摸,果然眼里有水,不觉也失笑了——可是朝来的梦,一个诗人说的,同是这悲凉滋味,正不知这泪是为那一个梦流的呢!

阅读心得

文章开头便吊起了读者十足的好奇心。初读此文,很容易让人想到狄更斯的《双城记》,作者将巴黎说成天堂,又将其比作地狱,让读者不得不继续读下去,希望看到这座神秘城市面纱背后的真容。

接着,作者从两个角度展示了巴黎的美:风景足以让每一个路过它的人动容,但这座美丽的城市也有很多失意的故事和难过的人们,着实是一个天堂和地狱的结合体。

尽管如此,巴黎还是用它特有的魅力让作者辗转反侧,甚至一个朋友的聊天都让作者梦到巴黎以至泪流满面。

行文至此,读者也渐渐理解了作者开头看似矛盾的话。巴黎一如既往地神秘而美丽,这种美丽让徐志摩久久难忘,务必用最钟爱的文字记录。

写作借鉴

文章名为《巴黎鳞爪》,意为简单记叙巴黎的一角。作者详细地介绍了巴黎的美景与人情,并通过大量比喻、拟人、排比极言这座浪漫城市的风采,显得文采斐然。

令读者动容的还有作者仅仅和朋友聊天就会梦到美丽的巴黎,这一方面体现了作者对巴黎的喜爱和怀念,同时也具有真实性,真实的描写容易传达真挚的感情,也容易引起读者的共鸣,这也是文章动人的根本原因。

契诃夫的墓园（节选）

名师导读....

坟墓一词似乎多与阴森、恐怖一类的形容词相关联，然而在诗人徐志摩的眼里绝非如此，这位喜欢拜访名人坟墓和无名坟墓的作家喜欢墓地的氛围，他在这里没有感到恐惧，相反，他觉得安静和纯洁。

所以吊古——尤其是上坟——是中国文人的一个癖好。这癖好想是遗传的；因为就我自己说，不仅每到一处地方爱去郊外冷落处寻墓园消遣，那坟墓的意象竟仿佛在我每一个思想的后背音阑着——单这馒形的一块黄土我就有无穷的意趣——更无须蔓草、凉风、白杨、青鳞等等的附带。坟的意象与死的概念当然不能差离多远，但在我坟与死的关系却并不密切：死仿佛有附着或有实质的一个现象，坟墓只是一个美丽的虚无，在这静定的意境里，光阴仿佛止息了波动，你自己的思想也收敛了震悸，那时你的性灵便可感到最纯净的慰安，你再不要什么。还有一个原因为什么我不爱想死，是为死的对象就是最恼人不过的生，死只是中止生，不是解决生，更不是消灭生，只是增剧生的复杂，并不清理它的纠纷。坟的意象却不暗示你什么对举或比称的实体，它没有远亲，也没有近邻，它只是它，包涵一切，覆盖一切，调融一切的一个美的虚无。

我这次到欧洲来倒像是专做清明来的；我不仅上知名的或与我有关系的坟（在莫斯科上契诃夫、克鲁泡德金的坟，在柏林上我自己儿子的坟，在枫丹薄罗上曼殊斐儿的坟，在巴黎上茶花女、哈哀内的坟；上菩特莱"恶之花"的坟；上凡尔泰、卢骚、嚣俄（雨果）的坟；在罗马上雪莱、基茨（济慈）的坟；在翡冷翠上勃朗宁太太的坟，上密仡郎其罗（米开朗琪罗）、梅迪启家的坟；日内到 Ravenna（拉文纳）去还得上丹德的坟，到 Assisi（意大利翁里亚区域镇）上法兰西士的坟，到 Mautua（曼图亚，意大利北部城市）上浮吉尔 Virgil（维吉尔，古罗马诗人）的坟，我每过不知名的墓园也往往进去留连，那时情绪不定是伤悲，不定是感触，有风听风，在块块的墓碑间且自徘徊，待斜阳淡了再计较回家。

你们下回到莫斯科去，一个真值得去的好所在——那是在雀山山脚下的一座有名的墓园，原先是贵族埋葬的地方，但契诃夫的三代与克鲁泡德金也在里面，我在莫斯科三天，过得异常的昏闷，但那一个向晚，在那嗫寂的寺园里，不见了莫斯科的红尘，脱离了犹太人的怖梦，从容的怀古，默默的寻思，在他人许有更大的幸福，在我已经知足。那庵名像是 Monestiere Vinozositoh（可译作圣贞庵），但不敢说是对的，好在容易问得。

我最不能忘情的坟山是日本神户山上专葬僧尼那地方，一因它是依山筑道，林荫花草是天然的，二因两侧引泉，有不绝的水声，三因地位高亢，望见海湾与对岸山岛，我最不喜欢的是巴黎 Montmartre（蒙马特尔，巴黎的一个区）的那个墓园，虽则有茶花女的芳邻我还是不愿意，因为它四周是市街，驾空又是一架走电车的大桥，什么清宁的意致都叫那些机轮轧成了断片，我是立定主意

不去的;罗马雪莱、基茨的坟场也算是不错,但这留着以后再讲;
莫斯科的圣贞庵,是应得赞美的,但到那边去的机会似乎不多!

那圣贞庵本身是白石的,葫芦顶是金的,旁边有一个极美
的钟塔,红色的,方的,异常的鲜艳,远望这三色——白、金、红
——的配置,极有风趣;墓碑与坟亭密密的在这塔影下散布着,
我去的那天正当傍晚,地下的雪一半化了水,不穿胶皮套鞋是
不能走的;电车直到庵前,后背望去森森的林山便是拿破仑退
兵时曾经回望的雀山,庵门内的空气先就不同,常青的树荫间,
雪铺的地里,悄悄的屏息着各式的墓碑;青石的平台,镂像的长
碣;嵌金的塔,中空的亭亭,有高踞的,有低伏的,有雕饰繁复
的,有平易的:但他们表示的意思却只是极简单的一个,古诗说
的:"下有陈死人,杳杳即长暮,潜寐黄泉下,千载永不寤。"

我们向前走不久便发现了一个颇堪惊心的事实:有不少极庄
严的碑碣倒在地上的,有好几处坚致的石栏与铁栏打毁了的;你
们记得在这里埋着的贵族居多,近几年来风水转了,贵族最吃苦,
幸而不毁,也不免亡命,阶级的怨毒在这墓园里都留下了痕迹——
楚平王死得快还是逃不了尸体受刑——虽则有标记与无标记,有
祭扫与无祭扫,究竟关不关这底下陈死人的痛痒,还是不可知的
一件事。但对于虚荣心重的活人,这类示威的手段却是一个警告。

我们摸索了半天,不曾寻着契诃夫;我的朋友上那边问去
了,我在一个转角站着等。那时候忽的眼前一亮(那天本是阴
沉),夕阳也不知从哪边过来,正照着金项与红塔,打成一片不
可信的辉煌;你们没见过大金顶的不易想象它那回光的力量,
平常玻璃窗上的反光已够你耀眼的,何况偌大一个纯金的圆穹,

我不由得不感谢那建筑家的高见,我看了西游记、封神传渴慕的金光神霞,到这里见着了!更有那秀挺的绯红的高塔也在这俄顷间变成了粲花摇曳的长虹,仿佛脱离了地面,将次凌空飞去。

契诃夫的墓上(他父亲与他并肩)只是一块瓷青色的石碑,刻着他的名字与生死的年份,有铁栏围着,栏内半化的雪里有几瓣小青叶,旁边树上掉下去的,在那里微微的转动。

我独自倚着铁栏,沉思契诃夫今天要是在着他不知怎样;他是最爱"幽默",自己也是最有谐趣的一位先生:他的太太告诉我们他临死的时候还要她讲笑话给他听;有幽默的人是不易做感情的奴隶的。但今天俄国的情形,今天世界的情形,他要是看了还能笑否,还能拿着他的灵活的笔继续写他灵活的小说否? ……我正想着,一阵异样的声浪从园的那一角传过来打断了我的盘算,那声音在中国是听惯了的,但到欧洲是不提防的;我转过去看时有一位黑衣的太太站在一个坟前,她旁边一个服装古怪的牧师(像我们的游方和尚)高声念着经咒,在晚色团聚时,在森森的墓门间,听着那异样的音调(语尾曼长向上曳作顿),你知道那怪调是念给墓中人听的,这一想毛发间就起了作用,仿佛底下的一大群全爬了上来在你的周围站着倾听似的,同时钟声响动。那边庵门开了,门前亮着一星的油灯,里面出来成行列的尼僧,向另一屋子走去,一体的黑衣黑兜,悄悄的在雪地里走去……

克鲁泡德金的坟在后面,只一块扁平的白石,指示这伟大灵魂遗蜕的歇处,看着颇觉凄惘。关门铃已摇过,我们又得回红尘去了。

阅读心得

　　本文题目是《契诃夫的墓园》，但重点并非描述契诃夫墓园的环境。作者先抛出了一个比较大的问题——对待墓园的态度，进而表明了自己的观点：墓园不会让他感到可怕，反而使他觉得平静、纯洁。至此，作者已经吸引了读者的好奇心，使读者忍不住想要探究作者的内心。

　　接着，作者简单向读者讲述了自己游览各地墓园的经历，并向读者传达了自己的感受。至此，作者才引出了题目中的契诃夫墓园。

　　寻找墓园的过程的描述很有意思，尤其是作者最后在夕阳下终于寻得名人墓园时的复杂感受，令人感到一种溢出文字的静谧。在参观墓园之余，作者对东方人与欧洲人对待墓园的不同态度阐发了自己的观点，言语间透露着哲理的意味，令人感慨良多，回味无穷。

写作借鉴

　　本文语言朴实无华，适合用来阐发哲理和观点，简洁的语言传达出的观点显得更为有力，让人深受启发。

　　文章善用修辞，尤其是将坟墓比作一个美丽的虚无，让人觉得眼前一亮。这也是徐志摩文章的独特之处。

泰　戈　尔

📖名师导读....

　　泰戈尔是徐志摩非常崇敬的诗人,适逢泰戈尔访华,徐志摩的激动之情难以言表。但除了激动以外,徐志摩还感到寒冷和痛心,这种失望不是来自印度,而是来自当时的中国青年。

　　我有几句话想趁这个机会对诸君讲,不知道你们有没有耐心听。泰戈尔先生快走了,在几天内他就离别北京,在一两个星期内他就告辞中国。他这一去大约是不会再来的了。也许他永远不能再到中国。

　　他是六七十岁的老人,他非但身体不强健,他并且是有病的。去年秋天他还发了一次很重的骨痛热病。所以他要到中国来,不但他的家属,他的亲戚朋友,他的医生,都不愿意他冒险,就是他欧洲的朋友,比如法国的罗曼·罗兰,也都有信去劝阻他。他自己也曾经踌躇了好久,他心里常常盘算他如其到中国来,他究竟不能够给我们好处,他想中国人自有他们的诗人,思想家,教育家,他们有他们的智慧,天才,心智的财富与营养,他们更用不着外来的补助与戟刺,我只是一个诗人,我没有宗教家的福音,没有哲学家的理论,更没有科学家实利的效用,或是工程师建设的才能,他们要我去做什么,我自己又为什么要去，我有什么礼物带去满足他们的盼望！他真的很觉得迟疑，所以他延迟了他的行期。但是他也对我们说到冬天完了，春风吹动的时候（印度的春风比我们的吹得早），他不由的感觉了一种内迫的冲动，他面对着逐渐滋长的青草与鲜花，不由的抛弃了，忘却了他应尽的职务，不由的解放了他的歌唱的本能，和着新来的鸣雀，在柔软的南风中开怀的讴吟。同时他收到我们催请的信，我们青年盼望他的诚意与热心，唤起了老人的勇气。他立即定夺了他东来的决心。他说趁我暮年的肢体不曾僵透，趁我衰老的心灵还能感受，决不可错过这最后唯一的机会，这博大，从容，礼让的民族，我幼年时便发心朝拜，与其将来在黄昏寂静的境界中萎衰的惆怅，何如利用这夕阳未暝时的光芒，了却我晋香人的心愿？

他所以决意的东来，他不顾亲友的劝阻，医生的警告，不顾他自己的高年与病体，他也撇开了在本国的任务，跋涉了万里的海程，他来到了中国。

自从四月十二在上海登岸以来，可怜老人不曾有过一半天完整的休息，旅行的劳顿不必说，单就公开的演讲以及较小集会时的谈话，至少也有了三四十次！他的，我们知道，不是教授们的讲义，不是教士们的讲道，他的心府不是堆积货品的栈房，他的辞令不是教科书的喇叭。他是灵活的泉水，一颗颗颤动的圆珠从池心里兢兢的泛登水面，都是生命的精液；他是瀑布的吼声，在白云间，青林中，石罅里，不住的啸响；他是百灵的歌声，他的欢欣、愤慨，响亮的谐音，弥漫在无际的晴空。但是他是倦了，终夜的狂歌已经耗尽了子规的精力，东方的曙色亦照出他点点的心血染红了蔷薇枝上的白露。

老人是疲乏了。这几天他睡眠也不得安宁。他已经透支了他有限的精力。他差不多是靠散拿吐瑾过日的,他不由的不感觉风尘的厌倦,他时常想念他少年时在恒河边沿拍浮的清福,他想望椰树的清荫与曼果的甜瓤。

但他还不仅是身体的惫劳,他也感觉心境的不舒畅。这是很不幸的。我们做主人的只是深深的负歉。他这次来华,不为游历,不为政治,更不为私人的利益,他熬着高年,冒着病体,抛弃自身的事业,备尝行旅的辛苦,他究竟为的是什么?他为的只是一点看不见的情感。说远一点,他的使命是在修补中国与印度两民族间中断千余年的桥梁。说近一点,他只想感召我们青年真挚的同情。因为他是信仰生命的,他是尊崇青年的,他是歌颂青春与清晨的,他永远指点着前途的光明。悲悯是当初释迦牟尼证果的动机,悲悯也是泰戈尔先生不辞艰苦的动机。现代的文明只是骇人的浪费,贪淫与残暴,自私与自大,相猜与相忌,飓风似的倾覆了人道的平衡,产生了巨大的毁灭。芜秽的心田里只是误解的蔓草,毒害同情的种子,更没有收成的希冀。在这个荒惨的境地里,难得有少数的丈夫,不怕阻难,不自馁怯,肩上扛着铲除误解的大锄,口袋里满装着新鲜人道的种子,不问天时是阴是雨是晴,不问是早晨是黄昏是黑夜,他只是努力的工作,清理一方泥土,施殖一方生命,同时口唱着嘹亮的新歌,鼓舞在黑暗中将次透露的萌芽,泰戈尔先生就是这少数中的一个。他是来广布同情的,他是来消除成见的。我们亲眼见过他慈祥的阳春似的表情,亲耳听过他从心灵底里迸裂出的大声，我想只要我们的良心不曾受恶毒的烟煤熏黑，或是被恶浊的偏见污抹，谁不曾感觉他赤诚的力量，魔术似的，为我们生命的前途开辟了一个神奇的境界，燃点了理想的光明？所以我们也懂得他的深刻的懊怅与失望，如其他知道部分的青年不但不能容纳他的灵感，并且成心的诬毁他的热忱。我们固然奖励思想的独立，但我们决不敢附和误解的自由。他生平最满意的成绩就在他永远能得青年的同情，不论在德国，在丹麦，在美国，在日本，青年永远是他最忠心的朋友。他也曾经遭受种种的误解与攻击，政府的猜疑与报纸的诬毁与守旧派的讥评，不论如何的谬妄与剧烈，从不曾扰动他优容的大量，他的希望，他的信仰，他的爱心，他的至诚，完全的托付青年。我的须，我的发是白的，但我的心却永远是青的，他常常的对我们说，只要青年是我的知己，我理想的将来就有著落，我乐观的明灯永远不致黯淡。他不能相信纯洁的青年也会坠落在怀疑，猜忌，卑琐的泥涸。他更不能信中国遭受意外的待遇。他很不自在，他很感觉异样的怆心。

因此精神的懊丧更加重他躯体的倦劳。他差不多是病了。我们当然很焦急的期望他的健康，但他再没有心境继续他的讲演。我们恐怕今天就是他在北京公开讲演最后的一个机会。他有休养的必要。我们也决不忍再使他耗费有限的精力。他不久又有长途的跋涉，他不能不有三四天完全的养息，所以从今天起，所有已经约定的会集，公开与私人的，一概撤销，他今天就出城去静养。

我们关切他的一定可以原谅，就是一小部分不愿意他来作客的诸君也可以自喜战略的成功。他是病了,他在北京不再开口了,他快走了,他从此不再来了。但是同学们,我们也得平心的想想,老人到底有什么罪,他有什么负心,他有什么不可容赦的犯案?公道是死了吗,为什么听不见你的声音?

他们说他是守旧,说他是顽固。我们能相信吗?他们说他是"太迟",说他是"不合时宜",我们能相信吗?他自己是不能信,真的不能信。他说这一定是滑稽家的反调。他一生所遭逢的批评只是太新,太早,太急进,太激烈,太革命的,太理想的,他六十年的生涯只是不断的奋斗与冲锋,他现在还只是冲锋与奋斗。但是他们说他是守旧,太迟,太老。他顽固奋斗的对象只是暴烈主义,资本主义,帝国主义,武力主义,杀灭性灵的物质主义;他主张的只是创造的生活,心灵的自由,国际的和平,教育的改造,普爱的实现。但他们说他是帝国政策的间谍,资本主义的助力,亡国奴族的流民,提倡裹脚的狂人!肮脏是在我们的政客与暴徒的心里,与我们的诗人又有什么关连?昏乱是在我们冒名的学者与文人的脑里,与我们的诗人又有什么亲属?我们何妨说太阳是黑的,我们何妨说苍蝇是真理?同学们,听信我的话,像他的这样伟大的声音我们也许一辈子再不会听着的了。留神目前的机会,预防将来的惆怅!他的人格我们只能到历史上去搜寻比拟。他的博大的温柔的灵魂我敢说永远是人类记忆里的一次灵迹。他的无边际的想象与辽阔的同情使我们想起惠德曼(惠特曼);他的博爱的福音与宣传的热心使我们记起托尔斯泰;他的坚韧的意志与艺术的天才使我们想起造摩西像的密仡郎其罗;他的诙谐与智慧使我们想象当年的苏格拉底与老聃;他的人格的和谐与优美使我们想念暮年的葛德;他的慈祥的纯爱的抚摩,他的为人道不厌的努力,他的磅礴的大声,有时竟使我们唤起救主的心像;他的光彩,他的音乐,他的雄伟,使我们想念奥林必克山顶的大神。他是不可侵凌的,不可逾越的,他是自然界的一个神秘的现象。他是三春和暖的南风,惊醒树枝上的新芽,增添处女颊上的红晕。他是普照的阳光。他是一派浩瀚的大水,来自不可追寻的渊源,在大地的怀抱中终古的流着,不息的流着,我们只是两岸的居民,凭借这慈恩的天赋,灌溉我们的田稻,苏解我们的消渴,洗净我们的污垢。他是喜马拉雅积雪的山峰,一般的崇高,一般的纯洁,一般的壮丽,一般的高傲,只有无限的青天枕藉他银白的头颅。

人格是一个不可错误的实在,荒歉是一件大事,但我们是饿惯了的,只认鸠形与鹄面是人生本来的面目,永远忘却了真健康的颜色与彩泽。标准的低降是一种可耻的堕落;我们只是踞坐在井底的青蛙。但我们更没有怀疑的余地。我们也许揣详东方的初白,却不能非议中天的太阳。我们也许见惯了阴霾的天时,不耐这热烈的光焰,消散天空的云雾,暴露地面的荒芜,但同时在我们心灵的深处,我们岂不也感觉一个新鲜的影响,催促我们生命的跳动,唤醒潜在的想望,仿佛是武士望见了前峰烽烟的信号,更不踌躇的奋勇向前?只有接近了这样超轶的纯粹的丈夫,这样不可错误的实在,我们方始相形的自愧我们的口不够阔大,我们的嗓音不够响亮,我们的呼吸不够深长,我们的信仰不够坚定,我们的理想不够莹澈,我们的自由不够磅礴,我们的语言不够明白,我们的情感不够热烈,我们的努力不够勇猛，我们的资本不够充实……

我自信我不是恣滥不切事理的崇拜，我如其曾经应用浓烈的文字，这是因为我不能自制我浓烈的感想。但我最急切要声明的是，我们的诗人，虽则常常招受神秘的徽号，在事实上却是最清明，最有趣，最诙谐，最不神秘的生灵。他是最通达人情，最近人情的。我盼望有机会追写他日常的生活与谈话。如其我是犯嫌疑的，如其我也是性近神秘的（有好多朋友这么说），你们还有适之先生的见证，他也说他是最可爱最可亲的个人；我们可以相信适之先生绝对没有"性近神秘"的嫌疑！所以无论他怎样的伟大与深厚，我们的诗人还只是有骨有血的人，不是野人，也不是天神。唯其是人，尤其是最富情感的人，所以他到处要求人道的温暖与安慰，他尤其要我们中国青年的同情与情爱。他已经为我们尽了责任，我们不应，更不忍辜负他的期望。同学们！爱你的爱，崇拜你的崇拜，是人情不是罪孽，是勇敢不是懦怯。

十二日在真光讲

阅读心得

本文围绕诗人泰戈尔展开，可以分为两部分。

第一部分围绕泰戈尔本人及其对中国的尊敬展开。作者在这里倾注了大量的笔墨表达了自己对泰戈尔的崇拜之情，突出了泰戈尔过人的文采和德高望重的品格。此处作者描写泰戈尔对访华的渴望之情，即便已经十分年迈，但这位老人还是克服了重重困难来到了中国，为后文做了铺垫。

文章的第二部分描写了泰戈尔来华之后中国青年的反应。这里可以和泰戈尔来华的决心相对比,如此一来就将中国青年对泰戈尔的态度反衬得更令人难过。作者在这里对责备泰戈尔的青年表示深深的谴责和反感,并再度表达了自己对泰戈尔人格的尊敬。

写作借鉴

本文是一篇写人散文。既然目的是为了写人,那么如何塑造人物形象显得尤为重要。在这篇文章里,徐志摩主要突出了诗人泰戈尔一颗渴望启迪青年、与青年交朋友的心,主要通过正反两方面的描写来体现人物的这一特点。

正面描写即为文中所见的对泰戈尔来华决心和来华困难的描写,反面描写则为部分中国青年对泰戈尔的不理解和恶意解读。

两方面描写皆服务于文章人物,而且的确起到了塑造人物形象的作用。

谒见哈代的一个下午

📖 **名师导读** ···

　　哈代是英国著名作家、诗人，他的诗歌开拓了英国 20 世纪的文学。徐志摩很喜欢哈代的作品，在英国的一个下午，他终于如愿以偿见到了心中的偶像——哈代。

一

　　"如其你早几年，也许就是现在，到道骞司德的乡下，你或许碰得到《裘德》的作者，一个和善可亲的老者，穿着短裤便服，精神飒爽的，短短的脸面，短短的下颏，在街道上闲暇的走着，招呼着，答话着，你如其过去问他卫撒克士小说里的名胜，他就欣欣的从详指点讲解；回头他一扬手，已经跳上了他的自行车，按着车铃，向人丛里去了。我们读过他著作的，更可以想象这位貌不惊人的圣人，在卫撒克士广大的、起伏的草原上，在月光下，或在晨曦里，深思地徘徊着。天上的云点，草里的虫吟，远处的隐约的人声都在他灵敏的神经里印下不磨的痕迹；或在残败的古堡里拂拭乳石上的苔青与网结；或在古罗马的旧道上，冥想数千年前铜盔铁甲的骑兵曾经在这日光下驻踪；或在黄昏的苍茫里，独倚在枯老的大树下，听前面乡村里的青年男女，在笛声琴韵里，歌舞他们节会的欢欣；或在济茨或雪莱或史文庞的遗迹，悄悄的追怀他们艺术的神奇……在他的眼里，像在高蒂闲（Théophile Gautier）的眼里，这看得见的世界是活着的；在他的'心眼'（The Inward Eye）里，像在他最服膺的华茨华士的心眼里，人类的情感与自然的景象是相联合的；在他的想象里，像在所有大艺术家的想象里，不仅伟大的史绩，就是眼前最琐小最暂忽的事实与印象，都有深奥的意义，平常人所忽略或竟不能窥测的。从他那六十年不断的心灵生活，——观察、考量、揣度、印证，——从他那六十年不懈不弛的真纯经验里，哈代，像春蚕吐丝制茧似的，抽绎他最微妙最桀傲的音调，纺织他最缜密最经久的诗歌——这是他献给我们可珍的礼物。"

二

上文是我三年前慕而未见时半自想象半自他人传述写来的哈代。去年七月在英国时，承狄更生先生的介绍，我居然见到了这位老英雄，虽则会面不及一小时，在余小子已算是莫大的荣幸，不能不记下一些踪迹。我不讳我的"英雄崇拜"。山，我们爱踹高的；人，我们为什么不愿意接近大的？但接近大人物正如爬高山，往往是一件费劲的事；你不仅得有热心，你还得有耐心。半道上力乏是意中事，草间的刺也许拉破你的皮肤，但是你想一想登临危峰时的愉快！真怪，山是有高的，人是有不凡的！我见曼殊斐儿，比方说，只不过二十分钟模样的谈话，但我怎么能形容我那时在美的神奇的启示中的全生震荡？——

我与你虽仅一度相见——

但那二十分不死的时间！

果然，要不是那一次巧合的相见，我这一辈子就永远见不着她——会面后不到六个月她就死了。自此我益发坚持我英雄崇拜的势利，在我有力量能爬的时候，总不教放过一个"登高"的机会。我去年到欧洲完全是一次"感情作用的旅行"；我去是为泰戈尔、顺便我想去多瞻仰几个英雄。我想见法国的罗曼·罗兰，意大利的丹农雪乌，英国的哈代。但我只见着了哈代。

在伦敦时对狄更生先生说起我的愿望，他说那容易，我给你写信介绍，老头精神真好，你小心他带了你到道骞斯德林子里去走路，他仿佛是没有力乏的时候似的！那天我从伦敦下去到道骞斯德，天气好极了，下午三点过到的。下了站我不坐车，问了 Max Gate 的方向，我就欣欣的走去。他家的外园门正对一片青碧的平壤，绿到天边，绿到门前；左侧远处有一带绵延的平林。进园径转过去就是哈代自建的住宅，小方方的壁上满爬着藤萝。有一个工人在园的一边剪草，我问他哈代先生在家不，他点一点头，用手指门。我拉了门铃，屋子里突然发一阵狗叫声，在这宁静中听得怪尖锐的，接着一个白纱抹头的年轻下女开门出来。

"哈代先生在家，"她答我的问，"但是你知道哈代先生是'永远'不见客的。"

我想糟了。"慢着，"我说，"这里有一封信，请你给递了进去。""那么请候一候。"她拿了信进去又关上了门。

她再出来的时候脸上堆着最俊俏的笑容。"哈代先生愿意见你，先生，请进来。"多俊俏的口音！"你不怕狗吗，先生。"她又笑了。"我怕。"我说。"不要紧，我们的梅雪就叫，她可不咬，这儿生客来得少。"

我就怕狗的袭来！战兢兢的进了门，进了官厅，下女关门出去，狗还不曾出现，我才放心。壁上挂着沙琴德（John Sargeant）的哈代画像，一边是一张雪莱的像，书架上记得有雪莱的大本集子，此外陈设是朴素的，屋子也低，暗沉沉的。

我正想着老头怎么会这样喜欢雪莱，两人的脾胃相差够多远，外面楼梯上一阵急促的脚步声和狗铃声下来，哈代推门进来了。我不知他身材实际多高，但我那时站着平望过去，最初几乎没有见他，我的印象是他是一个矮极了的小老头儿。我正要表示我一腔崇拜的热心，他一把拉了我坐下，口里连着说"坐坐"，也不容我说话，仿佛我的"开篇"辞他早就有数，连着问我，他那急促的一顿顿的语调与干涩的苍老的口音，"你是伦敦来的？""狄更生是你的朋友？""他好？""你译我的诗？""你怎么翻的？""你们中国诗用韵不用？"前面那几句问话是用不着答的（狄更生信上说起我翻他的诗），所以他也不等我答话，直到末一句他才收住了。他坐着也是奇矮，也不知怎的，我自己只显得高，私下不由的踟蹰，似乎在这天神面前我们凡人就在身材上也不应分占先似的！（啊，你没见过萧伯纳——这比下来你是个蚂蚁！）这时候他斜着坐，一只手搁在台上头微微低着，眼往下看，头顶全秃了，两边脑角上还各有一鬌也不全花的头发；他的脸盘粗看像是一个尖角往下的等边形三角，两颧像是特别宽，从宽浓的眉尖直扫下来的束住在一个短促的下巴尖；

他的眼不大,但是深窈的,往下看的时候多,不易看出颜色与表情。最特别的,最"哈代的",是他那口连着两旁松松往下堕的夹腮皮。如其他的眉眼只是忧郁的深沉,他的口脑的表情分明是厌倦与消极。不,他的脸是怪,我从不曾见过这样耐人寻味的脸。他那上半部,秃的宽广的前颅,着发的头角,你看了觉得好玩,正如一个孩子的头,使你感觉一种天真的趣味,但愈往下愈不好看,愈使你觉着难受,他那皱纹龟驳的脸皮正使你想起苍老的岩石,雷电的猛烈,风霜的侵凌,雨溜的剥蚀,苔藓的沾染,虫鸟的斑斓,什么时间与空间的变幻都在这上面遗留着痕迹!你知道他是不抵抗的,忍受的,但看他那下颊,谁说这不泄露他的怨毒,他的厌倦,他的报复性的沉默!他不露一点笑容,你不易相信他与我们一样也有嬉笑的本能。正如他的脊背是倾向伛偻,他面上的表情也只是一种不胜压迫的伛偻。喔哈代!

回讲我们的谈话。他问我们中国诗用韵不。我说我们从前只有韵的散文,没有无韵的诗,但最近……但他不要听最近,他赞成用韵,这道理是不错的。你投块石子到湖心里去,一圈圈的水纹漾了开去,韵是波纹。少不得。抒情诗(Lyric)是文学的精华的精华。颠不破的钻石,不论多小。磨不灭的光彩。我不重视我的小说。什么都没有做好的小诗难〔他背了莎士比亚 "Tell me where is Fancy bred"(请告诉我幻想从何处诞生),朋琼生(Ben Jonson)的 "Drink to me only with thine eyes"(请用你的眼睛为我干杯)高兴的说了〕。我说我爱他的诗因它们不仅结构严密像建筑,同时有思想的血脉在流走,像有机的整体。我说了Organic(有机的)这个字;他重复说了两遍:"Yes, Organic yes, Organic: A poem ought to be a Living thing."（是的，有机的，是的，有机的：一首诗应该是一个活生生的东西）练习文字顶好学写诗；很多人从学诗写好散文，诗是文学的秘密。

他沉思了一晌。"三十年前有朋友约我到中国去。他是一个教士，我的朋友，叫莫尔德，他在中国住了五十年，他回英国来时每回说话先想起中文再翻英文的！他中国什么都知道，他请我去，太不便了，我没有去。但是你们的文字是怎么一回事？难极了不是？为什么你们不丢了它，改用英文或法文，不方便吗？"哈代这话骇住了我。一个最认识各种语言的天才的诗人要我们丢掉几千年的文字！我与他辩难了一晌，幸亏他也没有坚持。

说起我们共同的朋友。他又问起狄更生的近况，说他真是中国的朋友。我说我明天到康华尔去看罗素。谁？罗素？他没有加案语。我问起勃伦腾（Edmund Blunden），他说他从日本有信来，他是一个诗人。讲起麦雷（John M. Murry）他起劲了。"你认识麦雷？"他问。"他就住在这儿道骞斯德海边，他买了一所古怪的小屋子，正靠着海，怪极了的小屋子，什么时候那可以叫海给吞了去似的。他自己每天坐一部破车到镇上来买菜。他是有能干的。他会写。你也见过他从前的太太曼殊斐儿？他又娶了，你知道不？我说给你听麦雷的故事。曼殊斐儿死了，他悲伤得很，无聊极了，他办了他的报（我怕他的报维持不了），还是悲伤。好了，有一天有一个女的投稿几首诗，麦雷觉得有意思，写信叫她去看他，她去看他，一个年轻的女子，两人说投机了，就结了婚，现在大概他不悲伤了。"

他问我那晚到哪里去。我说到 Exeter（埃克塞特）看教堂去，他说好的。他就讲建筑、他的本行。我问你小说里常有建筑师，有没有你自己的影子？他说没有。这时候梅雪出去了又回来，咻咻的爬在我的身上乱抓。哈代见我有些窘，就站起来呼开梅雪，同时说我们到园里去走走吧，我知道这是送客的意思。我们一起走出门绕到屋子的左侧去看花，梅雪摇着尾巴咻咻的跟着。我说哈代先生，我远道来你可否给我一点小纪念品。他回头见我手里有照相机，他赶紧他的步子急急的说，我不爱照相，有一次美国人来给了我很多的麻烦，我从此不叫来客照相，——我也不给我的笔迹（Autograph），你知道？他脚步更快了，微偻着背，腿微向外弯一摆一摆的走着，仿佛怕来客要强抢他什么东西似的！"到这儿来，这儿有花，我来采两朵花给你做纪念，好不好？"他俯身下去到花坛里去采了一朵红的一朵白的递给我："你暂时插在衣襟上吧，你现在赶六点钟车刚好，恕我不陪你了，再会，再会——来，来，梅雪，梅雪……"老头扬了扬手，径自进门去了。

　　嗇刻的老头，茶也不请客人喝一杯！但谁还不满足，得着了这样难得的机会？往古的达文謇、莎士比亚、歌德、拜伦，是不回来了的；——哈代！多远多高的一个名字！方才那头秃秃的背弯弯的腿屈屈的，是哈代吗？太奇怪了！那晚有月亮，离开哈代家五个钟头以后，我站在哀克刹脱教堂的门前玩弄自身的影子，心里充满着神奇。

阅读心得

　　本文记叙了徐志摩拜见偶像哈代一事。文章第一部分就吸引了读者,一个想象中的哈代在徐志摩笔下活灵活现,一方面体现了作者对哈代的崇拜,同时也吸引着读者一探究竟——真实的哈代究竟是什么样子呢?

接着,作者从幻想回到现实,向读者展示了自己见到哈代的过程,通过对哈代住所的描写,以及对哈代本人肖像和行为的描写向人们展示了一个幽默可爱的文学家哈代。

作者与哈代接触的时间虽少,但笔墨极浓,这正体现了作者对哈代的尊崇,同时这也正是作家徐志摩细致观察力的体现。

写作借鉴

本文的艺术手法集中体现在为哈代这一人物形象的服务上。首先是侧面描写,作者着重写了自己来到哈代家里的全部经过,通过写哈代仆人的行为暗示了哈代的性格特点——不爱见客人,直爽可爱。

接下来,作者用了大量的细节描写和外貌描写来展示哈代的样子,宛如一幅清晰的人物素描画,让读者心中有了哈代的形象。

接着,作者重点描写了哈代的语言与行为,两人就文学问题的讨论和哈代送作者花朵的细节让这一人物形象更加丰满,一个个子不高的真性情老人的形象便跃然纸上,让读者觉得真实可爱。

印度洋上的秋思

名师导读·･･･

　　中国古代诗歌最常见的意象莫过于月亮和秋天,两个事物都能勾起中国人的愁思,让乡愁变得更为意味深长。作此文时,作者徐志摩正在印度洋上遥望着秋月。

　　昨夜中秋。黄昏时西天挂下一大帘的云母屏,掩住了落日的光潮,将海天一体化成暗蓝色,寂静得如黑衣尼在圣座前默祷。过了一刻,即听得船梢布篷上窸窸索索啜泣起来,低压的云夹着迷漾的雨色,将海线逼得像湖一般窄,沿边的黑影,也辨认不出是山是云,但涕泪的痕迹,却满布在空中水上。

　　又是一番秋意!那雨声在急骤之中,有零落萧疏的况味,连着阴沉的气氲,只是在我灵魂的耳畔私语道:"秋!"我原来无欢的心境,抵御不住那样温婉的浸润,也就开放了春夏间所积受的秋思,和此时外来的怨艾构合,产出一个弱的婴儿——"愁"。

　　天色早已沉黑,雨也已休止。但方才啜泣的云,还疏松地幕在天空,只露着些惨白的微光,预告明月已经装束齐整,专等开幕。同时船烟正在莽莽苍苍地吞吐,筑成一座蟒鳞的长桥,直联及西天尽处,和轮船泛出的一流翠波白沫,上下对照,留恋西来的踪迹。

　　北天云幕豁处,一颗鲜翠的明星,喜孜孜地先来问探消息,像新嫁媳的侍婢，也穿扮得遍体光艳。但新娘依然姗姗未出。

我小的时候，每于中秋夜，呆坐在楼窗外等看"月华"。若然天上有云雾缭绕，我就替"亮晶晶的月亮"担忧，若然见了鱼鳞似的云彩，我的小心就欣欣怡悦，默祷着月儿快些开花，因为我常听人说只要有"瓦楞"云，就有月华；但在月光放彩以前，我母亲早已逼我去上床，所以月华只是我脑筋里一个不曾实现的想象，直到如今。

现在天上砌满了瓦楞云彩，霎时间引起了我早年许多有趣的记忆——但我的纯洁的童心，如今哪里去了！

月光有一种神秘的引力。她能使海波咆哮，她能使悲绪生潮。月下的喟息可以结聚成山，月下的情泪可以培畤百亩的畹兰，千茎的紫琳耿。我疑悲哀是人类先天的遗传，否则，何以我们儿年不知悲感的时期，有时对着一泻的清辉，也往往凄心滴泪呢？

但我今夜却不曾流泪。不是无泪可滴，也不是文明教育将我最纯洁的本能锄净，却为是感觉了神圣的悲哀，将我理解的好奇心激动，想学契古特白登来解剖这神秘的"眸冷骨累"。冷的智永远是热的情的死仇。他们不能相容的。

但在这样浪漫的月夜，要来练习冷酷的分析，似乎不近人情！所以我的心机一转，重复将锋快的智力剧起，让沉醉的情泪自然流转，听他产生什么音乐，让绻缱的诗魂漫自低回，看他寻出什么梦境。

明月正在云岩中间，周围有一圈黄色的彩晕，一阵阵的轻霭，在她面前扯过。海上几百道起伏的银沟，一齐在微叱凄其的音节,此外不受清辉的波域,在暗中圾圾涨落,不知是怨是慕。

我一面将自己一部分的情感,看入自然界的现象,一面拿着纸笔,痴望着月彩,想从她明洁的辉光里,看出今夜地面上秋思的痕迹,希冀她们在我心里,凝成高洁情绪的菁华。因为她光明的捷足,今夜遍走天涯,人间的恩怨,哪一件不经过她的慧眼呢?

印度的 Ganges(恒河)河边有一座小村落,村外一个榕绒密绣的湖边,坐着一对情醉的男女,他们中间草地上放着一尊古铜香炉,烧着上品的水息,那温柔婉恋的烟篆,沉馥香浓的热气,便是他们爱感的象征。月光从云端里轻俯下来,在那女子脑前的珠串上,水息的烟尾上,印下一个慈吻,微哂,重复登上她的云艇,上前驶去。

一家别院的楼上,窗帘不曾放下,几枝肥满的桐叶正在玻璃上摇曳斗趣,月光窥见了窗内一张小蚊床上紫纱帐里,安眠着一个安琪儿似的小孩,她轻轻挨进身去,在他温软的眼睫上,嫩桃似的腮上,抚摩了一会。又将她银色的纤指,理齐了他脐圆的额发,蔼然微哂着,又回她的云海去了。

一个失望的诗人,坐在河边一块石头上,满面写着幽郁的神情,他爱人的情影,在他胸中像河水似的流动,他又不能在失望的渣滓里榨出些微甘液,他张开两手,仰着头,让大慈大悲的月光,那时正在过路,洗沐他泪腺湿肿的眼眶,他似乎感觉到清心的安慰,立即摸出一枝笔,在白衣襟上写道:

"月光,

你是失望儿的乳娘!"

面海一座柴屋的窗棂里，望得见屋里的内容：一张小桌上放着半块面包和几条冷肉，晚餐的剩余，窗前几上开着一本家用的《圣经》，炉架上两座点着的烛台，不住地在流泪，旁边坐着一个皱面驼腰的老妇人，两眼半闭不闭地落在伏在她膝上悲泣的一个少妇，她的长裙散在地板上像一只大花蝶。老妇人掉头向窗外望，只见远远海涛起伏，和慈祥的月光在拥抱蜜吻，她叹了声气向着斜照在《圣经》上的月彩嗫道：

"真绝望了！真绝望了！"

她独自在她精雅的书室里，把灯火一齐熄了，倚在窗口一架藤椅上，月光从东墙肩上斜泻下去，笼住她的全身，在花瓶上幻出一个窈窕的倩影，她两根垂辫的发梢，她微澹的媚唇，和庭前几茎高峙的玉兰花，都在静谧的月色中微颤，她加她的呼吸，吐出一股幽香，不但邻近的花草，连月儿闻了，也禁不住迷醉，她腮边天然的妙涡，已有好几日不圆满：她瘦损了。但她在想什么呢？月光，你能否将我的梦魂带去，放在离她三五尺的玉兰花枝上。

威尔斯西境一座矿床附近，有三个工人，口衔着笨重的烟斗，在月光中间坐。他们所能想到的话都已讲完，但这异样的月彩，在他们对面的松林，左首的溪水上，平添了不可言语比说的妩媚，唯有他们工余倦极的眼珠不阖，彼此不约而同今晚较往常多抽了两斗的烟，但他们矿火熏黑，煤块擦黑的面容，表示他们心灵的薄弱，在享乐烟斗以外，虽然秋月溪声的戟刺，也不能有精美情绪之反感。等月影移西一些，他们默默地扑出了一斗灰,起身进屋,各自登床睡去。月光从屋背飘眼望进去,只见他们都已睡熟;他们即使有梦,也无非矿内矿外的景色!

月光渡过了爱尔兰海峡,爬上海尔佛林的高峰,正对着静默的红潭。潭水凝定得像一大块冰,铁青色。四围斜坦的小峰,全都满铺着蟹青和蛋白色的岩片碎石,一株矮树都没有。沿潭间有些丛草,那全体形势,正像一大青碗,现在满盛了清洁的月辉,静极了,草里不闻虫吟,水里不闻鱼跃;只有石缝里潜涧沥淅之声,断续地作响,仿佛一座大教堂里点着一星小火,益发对照出静穆宁寂的境界,月儿在铁色的潭面上,倦倚了半晌,重复扱起她的银泻,过山去了。

昨天船离了新加坡以后,方向从正东改为东北,所以前几天的船梢正对落日,此后"晚霞的工厂"渐渐移到我们船向的左手来了。

昨夜吃过晚饭上甲板的时候,船右一海银波,在犀利之中涵有幽秘的彩色,凄清的表情,引起了我的凝视。那放银光的圆球正挂在你头上,如其起靠着船头仰望。她今夜并不十分鲜艳;她精圆的芳容上似乎轻笼着一层藕灰色的薄纱;轻漾着一种悲唱的音调;轻染着几痕泪化的雾霭。她并不十分鲜艳,然而她素洁温柔的光线中,犹之少女浅蓝妙眼的斜睬;犹之春阳融解在山巅白云反映的嫩色,含有不可解的迷力,媚态,世间凡具有感觉性的人,只要承沐着她的清辉,就发生也是不可理解的反应,引起隐复的内心境界的紧张,——像琴弦一样,——人生最微妙的情绪,戟震生命所蕴藏高洁名贵创现的冲动。有时在心理状态之前,或于同时,撼动躯体的组织,使感觉血液中突起冰流之冰流,嗅神经难禁之酸辛,内藏汹涌之跳动,泪腺之骤热与润湿。那就是秋月兴起的秋思——愁。

昨晚的月色就是秋思的泉源,岂止,直是悲哀幽骚悱怨沉郁的象征,是季候运转的伟剧中最神秘亦最自然的一幕,诗艺界最凄凉亦最微妙的一个消息。

今夜月明人尽望,不知秋思在谁家。

中国字形具有一种独一的妩媚,有几个字的结构,我看来纯是艺术家的匠心:这也是我们国粹之尤粹者之一。譬如"秋"字,已经是一个极美的字形;"愁"字更是文字史上有数的杰作;有石开湖晕,风扫松针的妙处,这一群点画的配置,简直经过柯罗的画篆,米亿朗其罗的雕圭,Chopin(肖邦)的神感;像——用一个科学的比喻——原子的结构,将旋转宇宙的大力收缩成一个无形无踪的电核;这十三笔造成的象征,似乎是宇宙和人生悲惨的现象和经验,吁喟和涕泪,所凝成最纯粹精密的结晶,满充了催迷的秘力。你若然有高蒂闲Gautier(戈蒂埃)异超的知感性,定然可以梦到,愁字变形为秋霞黯绿色的通明宝玉,若用银槌轻击之,当吐银色的幽咽电蛇似腾入云天。

我并不是为寻秋意而看月,更不是为觅新愁而访秋月;蓄意沉浸于悲哀的生活,是丹德(但丁)所不许的。我盖见月而感秋色,因秋窗而拈新愁:人是一簇脆弱而富于反射性的神经!

我重复回到现实的景色,轻裹在云锦之中的秋月,像一个遍体蒙纱的女郎,她那团圆清朗的外貌像新娘,但同时她幂弦的颜色,那是藕灰,她踟蹰的行踵,掩泣的痕迹,又使人疑是送丧的丽姝。所以我曾说：

"秋月呀！

我不盼望你团圆。"

这是秋月的特色，不论她是悬在落日残照边的新镰，与"黄昏晓"竞艳的眉钩，中宵斗没西陲的金碗，星云参差间的银床，以至一轮腴满的中秋，不论盈昃高下，总在原来澄爽明秋之中，遍洒着一种我只能称之为"悲哀的轻霭"，和"传愁的以太"。即使你原来无愁，见此也禁不得沾染那"灰色的音调"，渐渐兴感起来！

秋月呀！

谁禁得起银指尖儿

浪漫地搔爬呵！

不信但看那一海的轻涛，可不是禁不住她一指的抚摩，在那里低徊饮泣呢！就是那

无聊的云烟，

秋月的美满，

熏暖了飘心冷眼，

也清冷地穿上了轻缟的衣裳，

来参与这

美满的婚姻和丧礼。

十月六日

阅读心得

秋天的肃杀之气足够令人无限感怀，明月的皎洁足以让人

驻足流泪,何况两者此刻都在作者的身边。

读这篇散文,其实更像是在读张若虚的《春江花月夜》,徐志摩和张若虚一样,从一轮明月写起,用笔墨勾起了中国五千年的关于明月秋风的相思。

作者写月光的朦胧,一笔从此刻回到了儿时,又跟着月光来到了每一个浸润在月光下的人跟前,去分享他们的喜怒哀乐。在徐志摩笔下,天涯共此明月光,于是秋思也跨越了印度洋,笼罩在世界的每一个角落,诗人将诗情画意与散文的抒情表意结合在一起,发挥了两种文体的长处,为读者带来了绝美的阅读体验。

写作借鉴

本文的写作手法很是高妙,在描写月光的时候,作者运用了大量的修辞手法,给读者呈现了一个澄净透明的无瑕世界。而在描写感情的时候,作者又结合了诗歌这一文学体裁,将诗歌的短小深情与散文的灵活简洁相结合,使作者思乡的深情传达得更为真切,更易打动读者。

另外,全文在语言运用方面做到了尽可能诗化、优美化,虽然没有华丽的辞藻,但依旧给人以极美的感受。

读后感

　　徐志摩是我国现代著名诗人和散文家，也是新月派的领军人物。江南山水的温柔让他天生敏感多情，热爱文学的他选择将感情倾注在文学作品上，因此，我们才能读到他的《再别康桥》《偶然》和《丑西湖》等。

　　康桥情结是我们谈到徐志摩时难以避开的话题。徐志摩在康桥的时光中找到了自我的价值，也坚定了自己的文学道路。康桥对他来说不仅是一所母校，更多的是情感的归宿和人生道路的灯塔。几乎在他的每一篇作品里，我们都能找到康桥的影子。

　　不得不提的就是那首脍炙人口的《再别康桥》，诗歌描绘了徐志摩心中的康桥，柔和的波浪、河边的金柳、可以放声歌唱的星辉都让读者印象深刻，而"悄悄的我走了，正如我悄悄的来，我挥一挥衣袖，不带走一片云彩"这句也成了徐志摩和离别的代名词，成了人人与自己的"康桥"告别时的最佳表达方式。

　　徐志摩的作品之所以令人百读不厌，与他自身的思想有直接关系。徐志摩热爱自然，喜欢孩子，他享受独处，追求纯真，他的这些美好的观念也体现在他的作品中。这些带着真善美追求的文字和他独有的诗意的表达方式相结合，带给读者无穷的回味，让人读来不忍释卷。

真题演练

一、选择题

1. 下列诗歌中,不属于徐志摩的作品是(　　)。

A.《雪花的快乐》

B.《你是人间的四月天》

C.《再别康桥》

D.《偶然》

2. 依次填入下列各句空白处的词语,最恰当的一项是(　　)

(1)那榆阴下的一潭,不是清泉,是天上虹,揉碎在浮藻间,_____着彩虹似的梦。

(2)无数_____的鱼龙,爬进了苍白色的云堆。

(3)_____是我们失去了我们灵性努力的重心,那就是一个单纯的信仰,一点烂漫的童真!

A.沉淀 游走 确实

B.沉积 弯曲 事实

C.沉积 苍白 总结

D.沉淀 蜿蜒 归根

二、简答题

沙扬娜拉一首

——赠日本女郎

最是那一低头的温柔,

像一朵水莲花不胜凉风的娇羞,

道一声珍重,道一声珍重,

那一声珍重里有蜜甜的忧愁——

沙扬娜拉!

1.作者以凉风吹拂下的颤动的水莲花作比,是了突出其_____ _____的风姿,进而刻画女郎_____的神态。

2."那一声珍重里有蜜甜的忧愁"一句中,"蜜甜"和"忧愁"矛盾吗?请谈谈你的理解。

答案

一、选择题

1.B 2.D

二、简答题

1.柔媚 欲言又止、含羞带笑、娴静与纯美

2.不矛盾。女郎处在将要分别、不忍分别,又只好分别的复杂的情绪交织之中,她不能一味沉默,只好把万千浓情蜜意化作一声声的"珍重",来表达自己对朋友的爱慕敬仰之意;诗人与这位温柔多情的日本女郎在交往中已经结下了真挚的友谊,即将分别,顿生"忧愁"。